KB178302

# 5色 이야기를 담다

나를 만나는 글쓰기

# 5色 이야기를 담다

**나를 만나는 글쓰기**

**발 행** | 2022년 06월 16일
**저 자** | 스테르담 인문학 글쓰기
**펴낸이** | 한건희
**펴낸곳** | 주식회사 부크크
**출판사등록** | 2014.07.15(제2014-16호)
**주 소** | 서울특별시 금천구 가산디지털1로 119 SK트윈타워 A동 305호
**전 화** | 1670-8316
**이메일** | info@bookk.co.kr

ISBN | 979-11-372-8593-4

www.bookk.co.kr

스테르담 인문학 글쓰기

# 5色 이야기를 담다
# 나를 만나는 글쓰기

쏴재

리바

신혜미

유진

쿠나

# |차례|

## 작가의 세계에 오신 걸 환영합니다

제 글쓰기의 시작은 보잘것없었습니다.
그것은 그저 무기력한 나날을 보내던 어느 존재의, 어쩔 수 없이 무어라도 해야 했던 끄적거림이었습니다.

글쓰기를 해 본 적도, 배워본 적도 없는 사람이 쓰지 않을 수 없을 지경에 이르렀다는 건 무얼 의미할까요?

간절함과 절박함이었습니다.
돌이켜보면 저는 살고 싶었던 것 같습니다. 사회가 정해 놓은 제도에 맞추어 열심을 다하고, 처절하게 뛰면 보다 많은 걸 손에 쥘 수 있을 것 같았습니다.

그러나 손에 쥔 무언가를 저는 느낄 수 없었습니다.
무언가를 얻은 것 같았지만, 더 큰 무언가를 잃어왔다는 걸
깨닫게 되었습니다.

세상에 없으면 안 되는 것.
내 삶의 시작과 함께 내 삶의 끝까지 함께 할 존재.

바로 '나 자신'입니다.

인디언은 말을 달리다 잠시 멈춰 선다고 합니다. 걸음 느린
자신의 영혼을 기다려주기 위해서 말이죠.
그렇게 평범한 직장인은 글을 썼고, 그것은 책이 되고 영향
력이 되어 글쓰기의 진심을 전하게 되었습니다.

이곳에, 그 진심을 함께 하신 작가님들의 글이 모여 있습니
다.
단언컨대, 이 글들은 세상 그 무엇보다 진솔하고 아름답다
고 생각합니다. 각자의 삶을 내어 놓은 이 글은 감히 값으로
환산할 수 없습니다.

가장 개인적이고, 가장 창의적인 이 글을 저는 사랑합니다.

글쓰기 앞에 머뭇거렸으나, 이제는 글쓰기로 숨을 쉬고 일상을 새롭게 바라보는 우리 작가님들에게 이 말씀을 꼭 전하고 싶습니다.

이 글을 읽게 되실 여러분께도 함께.

작가의 세계에 오신 걸 환영합니다.

**"작가라서 쓰는 게 아니라, 쓰니까 작가입니다!"**

라이프 인사이터
스테르담 드림

스테르담 브런치: brunch.co.kr/@sterdam
스테르담 인스타: /i_sterdam_u

# 작가 쌔재

이렇게 살면 망할 것 같은데.. 살아보고는 싶어!

저는 바로 그런 삶을 살고 있습니다.

살짝 망한 것도 같지만 꽤나 잘살고 있습니다.

# 지혜는 과일 샐러드에 토마토를 넣지 않는 것

영국의 음악가 마일스 킹턴은 이렇게 말했다.

"지식은 토마토가 과일임을 아는 것이다. 지혜는 과일 샐러드에 토마토를 넣지 않는 것이다" (외국에서는 한국만큼 토마토를 과일처럼 먹지 않는 사람이 많다). 지식이 늘어난다고 더 지혜로워지는 건 아니다. 아는 것이 많은 게 오히려 해가 될 수 있다. 오만하게도 나는 10대 20대 때 이미 세상을 모두 다 안다고 생각했다. 지식의 한계를 많이 실감했다. 지식은 더 늘려봤자 좋을 것이 없다고 생각했다.

그래도 인생에 대한 이해가 늘어나고 내가 더 지혜로워진다면 어느 방향으로든 커져가는 확장이라고 볼 수 있다. 더 지혜로워진다는 것은 성장이라고 볼 수 있다.

다른 식으로 말하기도 한다.

역사가 반복되고 계절이 돌아오듯 개인의 인생도 반복된다. 살면서 성공만 할 수 없고 실패를 하게 된다. 성공이 더 큰 실패의 원인이 되고 실패가 성공의 밑거름이 된다. 만남이 있는 것에 반드시 이별이 존재하고 이별하면 반드시 다시 만나게 된다. 지금 인생도 처음이 아니다. 전생이 있었고 우리의 영혼은 회기 하여 다시 태어난다고도 한다.

인생은 확장적 성질과 회기적 성질이 있다.

〈회기성〉

도마뱀의 꼬리는 재생되고 머리카락과 손톱은 죽을 때까지 자란다. 몸 속 장기들을 구성하는 수많은 세포 또한 매 순간순간 일부 교체된다. 간은 1년, 뼈는 10년, 혈액은 3개월, 피부는 2주마다 전체가 교체된다. 유전자 변이가 일어나거나 또는 노화가 진행되어 간세포가 재생되어야 하는 곳에 엉뚱하게 후각세포나 피부 세포가 재생되면 그게 암이다.

세포는 계속 재생되지만 일정기간 동안으로 정해져 있다. 수명이 다 되어갈수록 세포는 하나씩 재생을 늦추거나 멈춘다. 유기 생명체로 태어난 이상 우리 모두 죽는다. 이 법칙을 신이 정해놓았든, 우주 시스템이 정해놓았든 아무튼 그러하다. 단 하나의 예외도 없다

 이 시스템은 하나의 개체보단 종에 대하여 더 많은 관심을 가지는듯하다. 세포가 재생하는 걸 보면 이 시스템은 분명 유기 생명체를 불사의 존재로 만들 설계기술이 있는 게 분명하지만 수명을 정해놓았다.

 개체가 오랫동안 생존할 수 있기보단 종이 최대한 오랫동안 멸종하지 않도록 설계되었고 그 수단으로써 진화를 이용한다. 나는 수명이 다해 죽게 되지만 나의 정보를 담은 유전체들이 후손들에게 계속 전달될 것이다. 그러나 나의 지식이나 지혜는 유전되지 않는다. 모든 게 부질없는 것 일수 있다.

 개체의 모든 것이 사라질 수밖에 없는 현실에서 죽어서라도 이름과 업적을 남기려는 활동은 본능적인 것이다.

인생은 짧고 예술(기술)은 길다는 말 역시 대단히 본능에 충실한 말이다.

세포가 반드시 죽고 재생되어야 개체(나 자신)는 생존할 수 있고 개체가 죽어야만 종은 진화를 할 수 있다. 우리가 가진 삶에 대한 회의감은 존재의 본질로부터 온다.

〈확장성〉

인간 신체는 대부분 10대후반이나 20대까지만 성장한다. 그 이후로는 내리막길만 있다.

이런 성장 또는 확장을 경험할 때 우리는 만족과 행복을 느낀다. 10대가 느끼는 개인의 행복은 미성년자를 보호하는 법이나 그들에게 관대한 다른 사회문화적 조건들 때문이 아니다 개인의 성장과 확장이 행복의 큰 요인 인 듯하다. 어린 강아지가 다자란 성견보다 더 행복해 보인다. 우리도 확실히 10대 때 더 행복할 수 있다.

10대 후반부터 길게는 3~40대까지 이런 결핍으로 많은

이들이 우울 감을 느낀다. 나 또한 그랬다. 처음으로 맛보는 신체적 정신적 성장의 멈춤이 원인이다. 진화는 개체에게 관심이 없다. 번식을 할 정도로 성장하고 나면 노화와 죽음을 줄 뿐이다. 종을 위한 역할을 이미 다했다. 조용히 사라지기를 바란다. 이런 신체적 변화(정체, 노화)는 행복 호르몬을 생성하도록 도와주지도 않는다.

이런 하향곡선에서도 인간은 정신 승리하는 방법을 배운다

이게 바로 지혜이다. 지혜란 인생의 경험을 통하여 체득하는 것이다. 수영이나 자전거를 배우는 것처럼 몸으로 경험해봐야 배울 수 있다. 나이가 많을수록 더 많은 지혜를 얻을 수 있다. 영화 인터스텔라의 대사가 생각난다.

"우리는 답을 찾을 것이다. 늘 그랬듯이"

신체적 물리적 한계에도 불구하고 다른 방법으로 성장한다. 개인차가 있지만 노인 분들이 더 지혜로우며 더 행복해 보인다. 정신적 성장을 이룰 때 우리는 행복해진다. 중 장년들은 신체적 성장이 아닌 지속 가능한 정신적 성

장을 해왔고 여전히 성장하는 중이다.

실제로 노인들에게 설문 조사한 '나이에 따른 인생 행복 곡선' 결과를 봐도 그러하다. 10대 후반 이후 20대 때부터 행복 곡선의 방향이 아래로 향하고 40대가 되어서야 바닥을 찍고 위로 올라온다. 그리고 5~60대가 되어서는 10대 이상으로 행복을 느낀다.

많은 젊은이들이 노인들을 보며 걱정을 한다. '신체적 한계가 생기고 할 수 없는 것이 많아지면 너무 슬프지 않을까?'라고 추측한다.

착각이다. 그들은 젊은이들보다 더 행복하다고 느낀다

1인당 국민소득의 절댓값 보다 그 기울기 값(성장률)이 국민 행복에 더 큰 영향을 준다. 1000만 원을 벌다 1100만 월 버는 것보다 50만 원을 벌다 100만 원을 벌 때 사람들은 더 행복하다. 높은 GDP 성장률을 보이는 베트남 국민의 행복도가 왜 북유럽 국가들보다 높은지 설명이 된다.

피할 수 없는 회의감에 빠져 우울해 있기엔 우리 인생은 너무나도 찬란하다. 지금 이 순간에도 우리는 더 지혜로울 수 있는 선택을 할 수 있고 행복의 곡선을 더 위로 끌어올릴 수도 있다.

지금의 지혜를 그대로 가지고 10대 이전으로 돌아간다면 당신은 무얼 할 텐가?
난 더 어리석고 더 재미있게 살 것이다

당신이 지금 살고 있는 인생이 1회 차가 아니라 5회 차 또는 10회 차 계속 반복 중이고 단지 그걸 당신이 모르고 있을 뿐이라 가정한다면 당신은 어떻게 살 겁니까? 어떤 선택을 하실 겁니까

생각한 그 답으로 내일을 살아보세요

# 가시밭길을 걷는 이유

예술가, 철학자, 장인, 운동선수. 갈망하고 선망하는 목표를 이루기 위해 노력하고 도전하는 사람들을 보면 존경심이 생긴다. 나 또한 그렇게 살고 싶다. 무언가를 이루기 위해선 거칠고 험난하게 살아야 하는 게 피할 수 없는 것이라는 생각이 든다.

가족의 생계를 등에 지고 묵묵히 출근하는 직장인보다 가난한 예술가, 외로운 철학자에게 마음이 가까이 붙는다. 그냥 회사를 다니기 싫으니 빙 돌려 말하는 것일 수도 있고 지루한 회사일보다 낭만적이고 이상적인 일만 하고 싶은 마음일 수도 있다.

인생에 도움 될 것 같지 않는 반복적이고 지루한 업무를 하며 큰 불만 없이 지내는 직장인들을 보면 심장이 말라버린 껍데기만 남은 인간 같다고 생각했다.

삶의 진실을 추구하지 않고 껍데기로 살기 때문에 무시하는 게 아니다. 실은 정반대다. 내가 못하는 걸 그들이 해내니 배알이 꼴린 거다. 인생은 유한하고 하루하루가 고통인데 그들은 그걸 견뎌낸다. 마치 고통을 잊은 듯이 하루를 행복하게 즐기고 평화롭게 보낸다.

그래서 유치하게도 비난하길 선택한 거다. 그들을 부정해야 내가 틀리지 않다고 착각할 수 있다. 자신을 사랑하기 위해서는 내가 사랑받을 만하다고 스스로 증명해야 한다. 나를 인정하기 위해서 타인을 부정하기로 선택한 거다

모두 다 죽어서 껍데기로만 살아있고 나만 홀로 사막을 횡단하는 중이다. 세상을 회의적으로 보는 것만이 문제가 아니다. 남을 부정해서 나를 증명하면 언제나 열등감이 생긴다. 말로가 좋을 수 없다

황량한 가시밭길을 걷다가 어쩌다 만나는 생명체에게 가끔 사랑을 느끼기도 하지만 곧 잘 물어뜯고 싸움을 건다. 자

신을 인정하는 논리가 타인을 부정하는 것으로부터 시작했으니 남을 인정하고 공감하는걸 잘 못한다. 객사하기 딱 좋은 성격이다

닮고 싶어 하는 예술가, 철학자, 운동 선수도 책이나 미디어를 통해 간접적으로 만나야 좋다. 그들을 직접 만나 다 같이 한 방안에 있다는 걸 상상해보면 유쾌하지 못하다. 서로 이렇게 말할 것이다

"참 유별난 놈이구나!"

인간은 어느 정도 상처받는 데서 쾌락을 느낀다. 그래서 우리는 가시밭길을 선택하여 걷는다. 진화심리학적으로 설명이 된다. 머릿속에는 의자 뺏기 놀이를 하는 감정들이 있다. 이 놀이의 참가자인 감정들은 여럿인데 의자는 하나뿐이다. 고통을 분산시키기 위해 쾌락이 이 의자를 뺏어야 하는 게 진화적으로 유리했을 것이다. 고통의 감정이 의자에서 벗어나지 않는다면 생물은 생존하기 위한 다른 행동을 하기 힘들었을 것이다.

담배를 피우거나 등산을 할 때 비슷한 경험을 한다. 힘들

고 고통스러운 행동을 하고 나면 즐거움이나 만족감이 든다. 그리고 이 행동을 자주 반복하다 보면 이 행위를 하는 동안에도 쾌락을 느끼게 된다. 자신을 스스로 고통으로 몰아놓고 그 행위를 통해 행복감과 만족감을 느낀다. 상황적으로 변태 같지만 나만 그런 게 아니다.

잔잔하며 힐링하는 영화를 선택하지 않고 영화보다 더 영화 같은 인생을 선택하여 사는 당신도 그러하다.

# 햇빛은 찬란하지만 인생은 귀찮으니깐요

나는 해피하고 잔잔한 힐링 영화를 좋아하는 편이 아니다. 아름다운 주인공들이 아름답게 이야기를 풀어가는 내용을 그리 즐기지 않는다.'인생은 아름다워', '시네마 천국' 이런 영화는 좋아하는데 영화 '인턴'은 안 좋아한다. '실버라이닝 플레이북'이 좋다.

저명한 의사나 판사 또는 성공한 사업가들의 저서는 좀 당기지 않는다. 그들은 인생을 아름답게 명상하듯 본다. 인생은 극복할 만한 것이라 말한다.

배알이 꼴린다.

당신들은 그 길은 지나왔고 성공했으니 지금 자리에선 그렇게 보이겠지!

세계적으로 경제가 확장되고 무엇이든 성장하는 시기에 살던 당신들에게 그런 삶이 당연했고 그런 삶에서는 희망을 볼 수 있었겠지!

그걸 책으로 쓴다고??? 차라리 자기 계발서가 덜 짜증 나겠어!


이런 에세이는 여러 번의 수정과 편집을 거쳐 가독성이 매우 좋은 것 같다. 내용보다도 그 전개와 흐름이 물 흐르듯이 아주 자연스럽다. 나도 그런 깔끔하고 좋은 글을 쓰고 싶다.

'햇빛은 찬란하지만 인생은 귀찮으니까요.' 책 이름을 처음 들었을 때 나는 이렇게 기억했다. 나의 색안경으로 보는 세상은 좀 고약하게 생겼다. 자연은 위대하고 삶은 좀 덧없는 것이라고 생각한다. 회의주의자는 단지 좀 더 높은 이상을 추구하는 낭만주의자라는데 나는 아직 인생이 많이 쓰다.


누아르 영화에서 희열을 느낀다. 비극에서 동질감을 느끼고 안도한다. 에세이의 인생조언은 거부감이 든다. 무언가를 겪고 시간이 지나면 조금 홀가분해지고 강렬했던 기억은 조금씩 덜 격정적으로 느껴진다. 인생은 가까이서 보면 비극

멀리서 보면 희극 아니겠는가. 명사들의 저서는 어른들이 흔하게 하는 조언 정도로 다가온다.

영화 인턴은 주인공들의 나이에 따라 인생을 대하는 태도 차이를 보여준다. 나이 지긋한 노인은 인생 고수의 면모를 보여주고 클래식의 장점을 알려준다. 당기지 않는 맛이지만 잘 만들어진 영화이다.

내가 속이 꼬여서인지 콘텐츠를 소비하는 입맛이 달라서 인지 부드럽고 은은한 맛보다는 짜고 신맛이 좋다. 인생 어느 부분에서 더럽게 힘들었는지, 어떤 사건으로 인생을 저주하고 싶은 생각이 들었는지, 어떻게 세상을 바꿀 것인지. 언제 행복에 흠뻑 빠져 황홀했는지, 어떤 성공을 해서 날아갈 것 같은 기분이 들었는지 듣고 싶다. 화장실을 다녀와서 '아 그 상황이 참 힘들었지' 하는 이야기보다 화장실이 급한 사람의 처절한 이야기가 듣고 싶다.

# 나는 시방 민감한 짐승이다

- 나는 쉽게 흥분하고 좋은 아이디어를 많이 가지고 있다
- 누군가 화를 내면, 그것이 나를 향한 감정이 아니더라도 스트레스를 받는다
- 나는 아름다운 자연에 둘러싸여 있을 때 강렬한 기쁨을 느낀다.
- 가끔 다른 사람들에게는 전혀 거슬리지 않는 소리가 내 신경을 극도로 자극할 때가 있다
- 나는 배가 고프거나 추위를 느낄 때 신경을 다른 곳으로 돌리기 힘들다.
- 나는 잠을 거의 자지 않아도 견딜 수 있다.
- 개인적 사고와 내적인 생각을 정리하는 데에 많은 시간을 보내는 복잡한 내적 삶을 살고 있다.

이런 식으로 나는 민감성이 높게 측정된다.

진화론에 따르면 다양성은 종의 생존을 위해 필요하다. 종에게는 다양한 개체를 보유할수록 혹독한 환경 변화로부터 멸종의 위기를 극복할 가능성이 높아진다. 추운 환경에 더 잘 적응하는 개체, 목이 길어 나뭇잎을 먹기에 유리한 개체, 수영에 유리한 개체 등 다양한 변이는 랜덤 하게 일어난다. 유전자 변이가 다양하게 일어날수록 알 수 없는 미래의 환경에 더 잘 적응할 수도 있는 개체가 태어난다. 낚싯바늘의 개수가 많을수록 얻어걸릴 확률이 높아진다.

민감성도 개체가 가지는 다양성 중 하나다. 불안을 느껴야 위험을 감지하고 생존할 수 있다. 민감하게 주위의 변화를 감지하고 다양한 정보를 받아들이는 것은 뛰어난 생존 능력이다. 한 집단에서 이런 민감성이 높은 개체는 전체의 10% 이상을 구성한다. 민감도 수준에 따라 전체의 2~30%라고 할 수도 있다.

무리를 구성하는 일부는 민감해야 전체가 살아남기 유리하다. 사슴 무리 중 한 마리만 사자를 발견해도 전체 무리가 생존할 확률이 높아진다. 단체 생활하는 단일 개체의 입장에서도 유리하다. 타인의 의견이나 전체 무리의 의견을 공감하고 따라야 무리가 날 버리지 않는다. 무리에서 떨어져 나간 호모 사피엔스나 돌고래에게 자연은 더 위험하다. 생존 확률이 낮아진다. 민감성은 집단이나 개체의 생존을 위해 진화의 과정에서도 계속 유지되었다

하지만 그 개체가 더 편하거나 행복한 삶을 사는 건 아니다. 더운 날씨보다 추운 날씨에 더 적합한 개체가 있다고 하면 그 개체는 현재 더운 날씨에 잘 적응하고 있는 대부분의 다른 개체들에 비해 더 고통스러운 (더 땀을 흘리고 쉽게 체력을 잃는) 삶을 산다.

민감성은 좋게 평가되지 않았다. 유별나다고 여겨졌고 좋지 않은 덕목으로 평가되어왔다. 특히 남자가 민감하면 더 좋지 않게 봤다.  유교 문화에서도 인내가 강조되고 단체가 중요시되는 경향이 있다. 미운 오리새끼는 사랑받지 못한다. 내가 가진 특성이 사회에서 부정적으로 평가받고 제거되어야 하는 특성으로 판단한다면 개인 행복에 불리하다.

제거할 수 없는 걸 제거하려 하지 말자. 치료할 필요가

없는 걸 치료하지 말자.

민감성은 가치판단이 들어갈 수가 없는 타고난 기질이다. 문명사회는 오랫동안 인간의 감정을 통제하려 했으며 부정적인 감정은 없애려고 해왔다. 현대에 와서는 감정이 다르게 평가받는다. 감정은 몸에서 보내는 매우 중요한 신호이다. 현재까지의 빅데이터를 수집해 정황적인 판단을 한 결과가 감정이다. 앞으로의 행동을 할 수 있게 만들어주는 근거이다.

긴 대화를 주고받고 난 뒤 내 기분이 나쁘다는 것은 콕 집어 기억은 못하더라도 대화 중에 부정적으로 느낄 만한 정보들이 포함되어 있다는 것이다. 한동안 만나지 못하던 사람과 다시 만났는데 기분이 좋다는 것은 과거 긍정적으로 판단할 만한 정보들이 있었다는 것이다. 효과적인 저장을 위해 함축적으로 그 감정만 기억하는 것이다. 뇌는 기분을 신뢰하고 다음 행동을 결정한다.

신호의 해석이 좋지 않다고 신호를 제거해서는 안 된다. 고통을 느끼는 통각을 부정적인 것이라고 생각해서 신경을 죽인다는 것은 상상할 수도 없다. 우울증이 생기면 우울감을 없애야 된다고 생각하는데. 이건 잘못된 해석이다. 불안

하다고 불안감을 없애면 우리는 생존하기 힘들다

　우리가 감정이 없을 때는 죽고 나서 밖에 없다. 잠을 잘 때도 감정이 생기고 살아 있는 한 무의식 중에도 감정이 존재한다.


　우리의 민감성을 사랑해주자

　남들이 두 가지 색 밖에 구분을 못할 때 민감한 우리는 열 가지 색을 볼 수 있다. 인생을 훨씬 다채롭게 풍요롭게 느낄 수 있다. 남들이 못하는 것도 많이 할 수 있다. 다양한 색깔을 보는 것처럼 수용 감각의 역치가 낮아서 다양한 정보를 받아들일 수 있다.　타인의 감정도 잘 읽을 수 있다. 자식들의 감정을 이해하는 수준이 높아 좋은 양육자가 될 수 있다. 세상 문제에 크게 공감하기 때문에 사회운동가나 정치인이 될 수 있다. 다양한 의견을 받아들인다. 사람들이 당연하다고 생각하는 의견이나 나의 생각을 스스로 의심할 줄 안다. 진실을 추구한다. 철학적이고 인문학적인 삶을 지향한다.

　우리는 학자나 분석가나 예술가로서 뛰어난 업적을 남길 수 있는 하드웨어를 가지고 태어난 것이다.

우직한 리더가 되려고 하면 힘든 목표일 수도 있다. 한 가지 의견을 지지하거나 한 가지 끈기 있는 행동을 하기에는 다른 의견과 타인의 행동도 똑같이 중요하게 여긴다. 진행 중인 일의 방향이 자주 바뀌는 경향이 있다.

남들이 보지 못한 진실을 나만 보고 있다는 독단에 빠져 외로운 삶이 되는 것을 경계해야 한다. 영원한 진실이나 불변의 진리는 없다. 가치판단이 필요 없는 사건과 사실만이 있을 뿐이다. 외로운 시간도 즐길 줄 알아야 하지만 도덕과 인류 번영에 고독과 외로움은 지양되어야 한다.

웃어라 온 세상이 너와 함께 웃을 것이다.
울어라 너 혼자만 울게 될 것이다

매일매일이 축제인 삶을 살지 말지는 우리에게 달려있다.

# 대신 살아드립니다(1)

〈20대: 외국병에 걸림〉

둘째 아들로 태어나 장자에 대항합니다. 애정결핍으로 나의 가치를 증명해야만 사랑받을 거란 착각에 빠져있었습니다. 관심 받기 위한 수단으로 정보수집에 집착하고 공부도 열심히 했습니다. 사랑과 관심을 받고 싶은데 장자가 항상 이기는 것에 분노해 좀 더 공평하고 이상적일 거라 생각한 외국을 선망했습니다.

하지만 고등학교 때 영어성적은 참 별로였습니다. 남들만큼 노력한 것 같은데...... 수능 결과는 외국어 영역 5등급. 공부를 열심히 했다고 말하기도 민망한 성적을 받았습니다. 그래도 실행력은 좋아서 대학교를 진학하고 나서도 mp3 플

레이어를 이용해 혼자 영어 말하기 듣기를 연마했습니다. 그냥 그게 좋아서 한 거였는데 아직도 이걸 기억하는 친구가 있는 걸 보니 꽤나 오랫동안 끈기 있게 했었나 봅니다.

대학교 근처 외국인들이 자주 오는 Bar에서 술 마시며 영어를 배웠습니다. 시행착오도 많이 겪었지만 결국 내가 원하던 외국인 여자 친구를 사귀게 됩니다. 새로운 문화도 좋았고 이국적인 외모도 사랑스러웠습니다. 낯선 한국생활의 짐을 덜어줄 요량으로 접근했습니다. 지금과 분위기는 조금 다르지만 이태원도 자주 갔었는데 생각해보면 그때 해방촌은 좀 무서웠습니다.

21살부터 10여 년 동안 여자 친구가 몇 명 바뀌었지만 그녀들은 모두 서양에서 왔었습니다. 외국인 여자 친구를 트로피 삼아 많이 자랑했었고 주변 사람들도 나를 좀 더 인정해준다는 가짜 자존심에 빠져있었습니다. 스스로도 '나는 한국 여자 친구보다는 서양 여자 친구와 성격이 더 잘 맞아'라는 착각을 오랫동안 했습니다. 주변에서 "너는 자유분방해서 외국인들이 더 잘 맞아"라는 말에 부추김을 당한 거 같기도 합니다.

다 헛소리였습니다.

한국사람이 저에겐 최고로 잘 맞는다는 걸 깨닫고 한국 여자와 연애하길 더 좋아합니다. 연애에서 서로의 감정에 공감하는 것이 저에겐 무척 중요합니다. 같은 걸 보고 웃고 즐기기엔 언어 그 이상의 시간과 문화가 필요한 것 같습니다. 영어를 쓰고 그 문화에 익숙해 진지도 꽤 오래되었는데 한국 여자와 한국 문화를 더 좋아합니다.

영어를 잘하게 되니 뉴욕에서 일할 기회가 생겼습니다. 교수님 추천으로 인턴을 가게 되었는데 잘만하면 계속해서 정직원으로 채용될 수도 있었습니다. 20대 중 후반 불안과 우울한 시기를 어떻게든 지나 보냈지만 아직 행복에 이르진 않은 상태였습니다. 20대 초반에는 질풍노도의 시기를 겪어 아주 힘들었었고 이때도 폭풍은 지나가서 최악은 모면했지만 아직 감정을 다루기가 어려웠고 서툴렀습니다.

뉴욕에서 향수병 같은 것도 걸렸습니다. 같이 인턴을 하던 한국 여자 애들은 일도 참 잘하고 잘 지내던데 저 포함 남자 애들은 미래에 대한 걱정을 좀 많이 하고 불안해했던 것 같습니다. 환상적인 도시 뉴욕을 즐기지 못하고 힘든 시기를 보냈습니다. 한국에서 짝사랑 비슷한 것을 하다가 왔는데 그녀가 너무 그리웠습니다. 짝사랑이라 스스로를 더 애처롭게 생각했습니다. 그래서 한국으로 돌아가고 싶었습니다.

평소에 비호감이었던 한국인 후배에게도 한 소리를 들었습니다. "선배가 계약기간보다 일찍 한국으로 돌아가면 한국인에 대한 평이 안 좋아지지 않겠어요?" 치욕적이고 엄청화가 났지만 그 후배에게 한 소리할 구실은 없었습니다.

뉴욕으로 가기 전 서울에는 3명의 룸메이트들이 있었습니다. 그 중 한 명이 재미 교포였는데 그녀는 룸메 친구였습니다. 그녀도 한국말이 서툰 프랑스 혼혈이었고 룸메와 한국어 어학당에서 만난 사이였습니다. 그렇게 룸메를 통하여 서로 다 같이 어울리다 그녀를 알게 되었습니다.

얼굴은 동양적이지만 누가 봐도 외국인이었고 긴 흑발이 허리까지 내려왔습니다. 깡마른 몸에 헤비 스모커였습니다. 저도 담배를 폈지만 그녀는 치명적이게도 말보로 레드를 피웠습니다. 프랑스 특유의 회의적이고 냉소적인 유머를 많이 하던 사람이었습니다. 비관적인 말투나 자기 비하의 말을 자주 해서인지 예술가는 아니었지만 사회에 반항하는 분위기를 풍겼습니다. 어느 남자에게도 쉽게 정을 주지 않는 행동과 이미지로 주변 친구들에게 얼음 공주로 평가받던 사람이었습니다. 그런 그녀가 나에게 애정을 주니 홀리지 않을 수가 있겠습니까?

"나는 누구도 사랑하지 않아 나에겐 상처가 있어" 5살 많은 연상의 그녀의 말을 지금 생각하면 무슨 헛소린가 싶지만 그땐 홀라당 넘어갔습니다.

부서질 것만 같고 사라질 것만 같은 그녀에게서 헤어 나올 수가 가 없었습니다. 지금 와서 생각해보니 그녀는 내가 뉴욕으로 떠날 줄 알고 조금은 가벼운 마음으로 나에게 애정을 준 게 아닌가 싶습니다.

이런 그녀를 뒤로하고 외국으로 갔으니 향수병이 자연스럽게 따라왔습니다. 그녀와 다시 만날 수는 없더라도 보고 싶은 마음이 애절했습니다. 그렇게 뉴욕 생활을 정리하고 한국으로 돌아와서는 창업을 하게 됩니다.

대신 살아드립니다(2)에서 계속

[에필로그]

저는 다양한 콘텐츠(책, 영화, 미술관, 웹툰)를 즐기고 만드는 것(건축, 글, 식물, 캘리그래피)을 좋아합니다.

좋아하게 된 이유에는 수많은 사건과 사고가 있는데 그것을 들춰 내보고 있습니다. 저는 요즘 창작하고자 하는 제 욕망을 의심하기 시작했습니다.

우리 모두는 높은 지위를 원합니다. 알랭 드 보통의 말에 따르면 우리는 이런 지위를 통하여 사실 물질적인 것이나 권력을 얻기보다는 최종적으로 사랑과 애정을 더 받기를 원한다고 합니다. 돈, 명예, 영향력 같은 지위는 우리가 사랑을 얻을 수 있는 수단입니다. 이런 지위가 있는 사람이 시답지 않은 농담을 던져도 우리는 관심을 주고 웃음을 줍니다. 지위를 원한다고 착각할 수 있지만 그 사람이 최종적으로 원하는 것을 관심과 애정입니다.

이 세상에서 상상할 수 있는 가장 큰 형벌은 무관심일 겁니다. 세상 모두가 나를 투명인간 취급한다면 차라리 고문과도 같은 신체적 형벌이 낫다고 생각할 겁니다. 그래서 저의 창작욕에도 이런 욕망들이 숨어 있는가를 관찰했습니다.

- 사랑을 얻기 위한 지위(돈, 명예)를 얻기 위한 수단인가?
- 아무도 보지 않는 나의 일기에서 내가 얻는 것은?
- 그 얻은 것으로 나는 나를 더 사랑하게 되었나?

결국 이런 질문들을 통하여 제가 원하고 이루고 싶은 것이 있습니다. 남이 주는 사랑보다 내가 스스로 나에게 주는 사랑입니다. 나의 평가에 더 집중하기 위함입니다.

저의 불안은 주로 내가 얻는 못하는 것을 갈망할 때, 얻지 못하는 것을 걱정할 때, 그리고 걱정을 걱정할 때 주로 찾아옵니다. 타인이 줄 수 있는 관심과 사랑도 잘 받고 싶지만 그들은 변덕이 심합니다. 저의 불안을 가중시킬 확률이 높습니다. 가까이 있는 나에게서부터 먼저 애정과 관심을 구하려 합니다.

내가 나에게 사랑을 주려면 마땅한 이유가 있어야 합니다. (나는 오늘 슬픈 친구를 위해 같이 술을 마셔줬어) 이 이유의 잣대도 유심히 봐야 하고(과연 슬픈 친구를 위한 일이었는가?) 나의 판단이 합당했나(친구에게 충분히 공감해 주었나?)도 고려해야 합니다.

다이아몬드가 다이아몬드일 이유는 찾기 쉽지만 그냥 있는 그대로의 나를 사랑해주기란 쉽지 않습니다. 의심이 많은 나 자신을 사랑하기 위한 면밀한 근거가 필요합니다. 판정단인 내가 인정을 하면(오늘 충분히 이타적이었어) 나는 자신에게 사랑을 줍니다. 이 판정단이 나 자신이기 때문에 속이기(사실 오늘 술이 먹고 싶었는데 친구가 때마침 요청했어, 친구에게 공감하기보단 조언을 했어)란 불가능해서 자신을 사랑하는 게 참 어렵습니다

나의 자의식(본질)이 현생의 나를 알고 나를 이기기 위해 나를 관찰합니다.
잘 관찰하기 위해서 저는 글을 씁니다.
내가 스스로 분석하는 '나'가 주제입니다.

# 작가 리바

백엔드 개발자, 브런치 작가, 헬창,

기록하는 사람 등의 다양한 수식어를 가진 사람입니다.

나다움을 가장 중요시하며,

나답게 살기 위해 오늘도 노력합니다.

익숙함이 아닌 도전을 좋아합니다.

경험을 기록하고 학습하며 함께 성장하기를 좋아합니다.

애벌레에서 번데기가 되는 과정에 있는 갓생러입니다.

# 흘러가는 기억을 붙잡는 방법

누구나 한 번쯤은 숙제를 위해 일기를 몰아서 써본 적이 있을 것이다. 어릴 때 일기란 쓰기 귀찮고, 왜 써야 하는지 모르겠는 싫은 숙제 그 이상 그 이하도 아니었다. 하지만 시간이 지나면서 생각이 바뀌었다. 절대 잊지 않을 것 같던 재미있는 순간이나, 좋은 순간들이 더 이상 기억이 나지 않기 시작했다. 내 소중한 기억을 계속해서 간직하고 싶었다. 기억과 경험들이 모여서 결국 지금의 나를 만들어낸 것이니까. 그렇게 나는 예전에는 보기도 싫었던 일기장을 다시 꺼내 들었다.

과거의 나에게 망각은 큰 두려움이었다. 기억에서 사라지면 내가 걸어온 길, 함께한 순간들이 원래 없던 것처럼 될까 봐 두려웠다. 영원히 없어지는 게 아니어도, 소중한 기억을 잃지 않고 간직하고 싶었다. 언젠가 기억의 조각을 회상하며, 다시 그 여운을 즐기며 이야기하고 싶었다. 그래서 펜을 들고 가장 오랜 경험부터 오늘까지 돌아보며 모든 기억을 기록했다. 기록을 통해 내가 살아온 길들을 다시 돌아볼 수 있게 되며, 기억들은 글자로 남기 시작했다.

처음에는 가볍게 하루 있었던 일들만, 2분 내로 다이어리에 적었다. 부담이 되지 않을 정도만 조금씩 하며 하루를 기록했다. 그렇게 1~2년이 지나고, 좀 더 욕심이 생기고 매일 나에게 질문을 하는 다이어리, 데일리 리포트, 감사일기를 쓰기 시작했다. 기록하면 할수록 쓰는 것뿐만 아니라, 자신을 돌아볼 수 있었다. 처음에는 가볍게 쓴 일기였지만, 좀 더 다양하게 표현하고 느낌을 잘 살리려고 하니 글쓰기 능력도 키울 수 있었다. 기록은 나에게는 축복이었다.

차곡차곡 기억을 기록으로 만들어가던 중, 기록을 조금 더 활용해보고 싶었다. 기록을 나만 보는 것이 아니라, 나의 스토리를 좀 더 가치 있게 활용하고 남들에게도 알려주고 공유하고 싶었다. 가장 나 다운 모습, 생각, 경험을 이야기로 풀고, 인사이트를 나누고 싶었다. 그렇게 나를 위한 글쓰기에서 남을 위한 글쓰기를 하기 시작했다. 메신저로써 내가 경험한 기억과 인사이트를 공유하며 사람들에게 공감을 끌어내고, 도움을 줄 수 있었다. 또한 회고록과 인사이트 글을 쓰고, 내 경험을 공유하며, 기록에 대한 다음 단계에 들어설 수 있었다.

글쓰기는 나만의 언어로 내 경험과 생각을 잘 풀어낼 수 있다. 글쓰기에 대한 열정이 식던 중에 나는 '사진'을 접했다. 사진은 글쓰기와 또 다른 매력이 있었다. 내 기억을 글자로 기록하는 게 아닌, 한 폭의 사진으로써 기록할 수 있었다. 글에는 다 담기지 않는 감정과 생각을 담고, 내가 세상을 바라보는 시각을 보여줄 수 있었다. 그날 이후 난 매일매일 셔터를 누르며 내 일상을 사진으로 남기고 있다. 사진 뿐만 아니라 그림, 영상 등으로 자신만의 독특한 기록을 할 수 있다는 것을 알게 됐다.

모든 기억은 사라진다. 컴퓨터처럼 지우고 싶은 기억은 휴지통으로 보내고, 행복했던 순간만 꾹꾹 압축하여 필요할 때마다 풀어볼 수 있으면 좋으련만 그럴 수 없기에 기억하고 싶은 순간은 기록되어야 한다. 그 순간의 여운이 바래거나 다른 무언가에 방해받기 전에. 잠시 하던 행동을 멈추고 기록해야 한다. 기억의 저편으로 달아난 나의 아름다운 순간은 다시 잡을 수 없기 때문이다.

# 인생 2회차 시작합니다

"당신의 삶의 목적은 무엇인가요?" 인생이 정말 힘들었던 시기에, 나는 왜 살아야 하는지에 대한 의문을 많이 가졌었다. 그에 대한 모든 대답에는 '성장'이 함께했다. 꿈을 이루거나, 경쟁에서 이기거나, 부자가 되거나 내가 원하는 모든 것들에 대해 성장은 기본값이었다. 성장 없이는 이룰 수 있는 것도 아무것도 없고, 제자리걸음만 할 뿐이다.

투자의 대가 워렌버핏도 세상에서 가장 좋은 투자는 자신에게 투자하는 것이라고 말했다. 자기 자신에 투자하고, 목표를 정하고, 자신답게 살 수 있도록 꾸준히 포기하지 않고 노력하는 것. 그것이 바로 성장이라고 생각한다. 성장의 중요성을 인식하고, 제대로 성장하기 시작하며 내 인생의 2막을 열었다.

성장을 위해 가장 먼저 한 것은, '나를 알아가는 일'이었다. 나 자신을 제대로 알고 유행이나 남들에게 휩쓸리지 않고, 나다움을 유지하는 것이 가장 중요하다. 그게 내 목표와 꾸준함의 가장 큰 원천이 될 것이라 생각했다. 내가 좋아하는 것, 중요하게 여기는 가치 등의 질문을 스스로에게 던졌다. 그러면서 점점 나다움을 찾고 나라는 중심을 잡았다.

큰 목표를 달성하기 위해서는 꼭 엄청난 일을 해야 하는 것이 아니다. 매일 꾸준히 하는 좋은 습관들로 조금씩 성장하며, 작은 성공이 모여 큰 목표를 이룰 수 있다. 그래서 두 번째로 한 것은 '좋은 습관 만들기'였다. 가장 좋은 방법은 성공한 사람의 좋은 습관을 따라 하는 것이었다. 독서, 명상하기, 운동하기부터 시작해서 시각화, 퍼스널브랜딩 등의 따라 하기 어려운 것들도 시도했다. 그렇게 나는 조금씩 성장을 위한 발판을 마련했다.

마지막으로는 좋은 인풋을 받아들이고, 기록하며, 실행을 통해 아웃풋을 내며 내 것으로 만드는 것이었다. 정보의 홍수 속에서 좋은 정보들만 선별해서 받아들이고, 나만의 방식으로 정리했다. 그리고 글쓰기, 디자인 등의 결과물로 내 생각을 남들에게 표현했다. 알고 있는 것과 실천하는 것은 전혀 다르듯이, 이런 과정이 있어야 진짜 내 경험이 되며 성장을 할 수 있었다.

이러한 경험을 통해 나는 매일 2%씩 성장한다. 자기 계발은 한번 열심히 한다고 결과가 나오지 않는다. 오랫동안 꾸준히 해야 비로소 성장한 자신을 볼 수 있다. 그리고 성장하는 만큼 주변 사람들, 자신, 환경이 달라지며 새로운 세상을 볼 수 있다. 반대로 성장하지 않으면 도태되고, 뒤쳐질 수밖에 없다.

사람의 잠재력은 무한하다. 잠재력을 자신의 것으로 만들고 충분히 성장하면 그 무엇도 될 수 있고, 이룰 수 있다. 나도 예전에는 자신감 없고, '나는 못할 거야'라는 생각을 가졌었다. 성장에 대한 깨달음 이후, 이제서야 나는 제대로 된 방향으로 성장하며, 성공에 한 걸음 다가가고 있다. 성장은 당신이 필요한 모든 것을 가져다줄 것이다. 당신에게 성장은 무엇인가? 그리고 당신은 제대로 된 방향을 향해, 제대로 된 방법을 하고 있는가?

# 완벽한 계획을 세우는 방법

'너는 왜 계획을 세우면서 살아? 어차피 계획을 세워도 계획대로 안 되잖아.' 우연히 들은 친구의 말에 나는 머리를 얻어맞은 것 같았다. 몇 년 동안 매일 하루 일정을 30분 단위로 세우고, 계획을 지키려고 노력했다. 하지만 왜 계획을 세워야 하는지는 전혀 생각해 본 적이 없었다. 그냥 '성공한 사람들이 그렇게 했으니까. 계획이 있으면 마음이 편하니까.' 이런 이유밖에 생각나지 않았다. 이후로 오랫동안 계획에 대해 생각해보고 고민했다. 분명 인생은 계획을 세워도 계획대로 되지 않는데 왜 나는 매일 계획을 세우고 실천할까?

인생에서 수많은 선택이 미래를 결정한다. 분명 완벽하게 계획을 세워도, 내 컨트롤 밖의 일이 생기거나, 생각의 변화가 있으면 계획은 수정할 수밖에 없다. 한순간의 선택으로 앞으로의 미래가 모두 바뀔 수도 있다. 그렇기 때문에 세상에서 완벽한 계획은 없고 수정할 일이 무조건 생긴다. 이 사실을 망각하고, 완벽한 계획을 세우려고 하면 무조건 스트레스를 받을 수밖에 없다.

다들 한 번쯤은 불가능한 계획을 세우고 실패한 후, '나는 안될 거야' '계획은 쓸모없어'라고 생각한 적이 있을 것이다. 처음에는 계획을 세우면 계획대로 잘 안되는 순간이 더 많은 것이 당연하다. 하지만 실패를 너무 자책하지 말고, 왜 계획이 실패했는지 생각해보는 것이 더욱 중요하다. 계획만 세우고, 발전이 없다면 계획을 잘못 세우고 있는 것이다.

가장 좋은 계획은 자신에게 맞는 계획을 짜고, 실행하면서 발전시키는 것이다. 계획을 세우고 보완할 때마다 자기 자신을 더욱 잘 알게 되며 메타인지가 올라간다. 그리고 메타인지가 높을수록 더욱 자신에게 맞는 계획을 세울 수 있다. 시행착오를 거치고 계획 미스를 줄여가면서, 실현할 수 있는 계획을 세울 수 있다. 그게 가장 자신다운 계획이다.

남들이 세워준 계획이나, 남들을 따라 하는 계획은 따라

하기도 힘들고, 오히려 독이 된다. 옆 사람이 4시간만 자도 괜찮다고 해서, 나도 4시간만 자면서 생활할 수는 없다. 결국 자신에게 맞는 계획을 세우고 실천하며 포기하지 않는 것을 잊지말자.

처음에는 내가 살아온 일상을 기록하기 위해 계획했다. 하지만 좀 더 성장해서 보니, 계획은 목표의 세부 사항이자 이정표였다. 내가 가고 있는 방향성을 잃지 않고 계속해서 가기 위해서는 계획이 필요하다. 계획 없이 무작정 순간의 선택을 따르면 조금씩 오차가 쌓여서 나중에는 완전히 잘못된 길을 갈 수도 있다. 자신이 목표로 하는 것이 있다면 계획을 세우고 실행하는 것이 가장 최선이다.

미래의 자신이 되고 싶은 꿈이 가장 자신다운 모습이다. 자신이 되고 싶은 꿈이 있고, 성취 계획을 세우면 분명 그 꿈에 어느샌가 다가갈 것이다. 당신의 가장 중요한 목표를 생각하고, 그 목표를 이루기 위한, 작은 계획을 세워라. 당신이 꿈을 이루는 데 가장 중요한 작업이다.

# 어떤 상황에서도 절대 가라앉지 않는 배

"우리는 깐부잖아." (오징어 게임) 드라마에서 나의 마음을 울렸던 대사이다. '나도 깐부라고 부를 수 있는 친구가 있을까?'라고 생각하면서 내 마음 깊숙한 곳 한구석에 있는 '친구'의 정의에 대해서 다시 생각했다. 그리곤 정말 재미있고, 행복하게 살았을 때는 모두 친구들이 옆에 있었다는 것을 알았다. 그들이 없었다면, 그 시절의 나는 행복할 수 없었을 것이다. 행복한 순간들은 너희들과 함께였다.

"어떤 상황에서라도 절대 가라앉지 않는 배(ship)"는 무엇이라고 생각하는가? 여러 정답이 있겠지만 나는 "우정(Friendship)이라고 생각한다. 친구와 함께한 모든 순간은 사라지지 않고, 우정은 끊어지지 않는다. 각자 다른 길을 걸어도, 시간이 서로의 인생을 변화시켜도 친구와는 우정으로

묶여있다. 서로를 위해 쓴 조언을 하고, 서로의 행복을 빌어주는 진정한 친구들이 분명 당신 곁에도 있을 것이다.

사람들은 주변 사람들에게 영향을 많이 받는다. 그래서 '주변 친구 5명을 보면 그 사람을 알 수 있다', '끼리끼리 논다.'라는 말이 있듯이 주변 사람들이 어떤 사람인지는 중요하다. 오랫동안 함께 지내는 친구는 자신에게 큰 영향을 준다. 그리고 가족과 다르게 자신이 선택할 수 있는 관계라서, 자신이 만드는 인간 네트워크라고 할 수도 있다. 주변에 있는 친구들이 곧 자신을 뜻한다.

하지만 친구라고 모두 같은 것은 아니다. 그냥 연락만 하는 친구, 한 달에 한 번 만나는 친구, 속마음을 이야기할 수 있는 친구 등 각자 다른 우정의 형태를 가진다. 각자 생각하는 우정도 다르고, 식물처럼 잘 관리해주지 않으면 금세 시들어버린다. 아무리 친한 사이여도 서로에 대한 관심이 없다면 금방 시들어버린다. 아무리 인맥을 쌓아봤자 우정과 서로에 대한 관심이 없으면 진정한 친구는 하나도 없을 것이다.

내 소확행 중 하나는 오랜 고등학교 동창들을 만나는 것이다. 처음에는 근황 이야기를 하다가도 마지막에는 그때 그 시절 이야기를 한다. "그땐 그랬지". 그 이야기의 맛은 정말 달콤하고 중독적이다. 과거 미화가 돼서 그런지, 정말 힘들었던 시간도, 매일 10시간씩 학교에서 공부하던 시간도, 선생님들에게 회초리를 맞던 모든 시간은 모두 재미있고, 즐거운 한때이다. 만났을 때 함께한 즐거운 그 순간만은 타임머신을 타고 함께 과거로 돌아갈 수 있다. 내게 친구란 그런 존재이다.

행복의 중요한 요소 중 하나는 '가족과 친구'이다. 실제로 은퇴한 사람들을 조사했을 때, 경제적 안정보다 '마음을 써주는 가족과 친구를 갖는 것'이 필수라고 한다. 힘들 때 자신을 응원해주고, 격려해주는 사람이 한 명이라도 있으면 큰 도움이 되고 살아갈 용기를 얻을 수 있다. 삶을 살다 보면 진심으로 서로의 행복을 빌어주고, 도와주는 사람은 점점 찾기 힘들어진다. 오늘은 '다음에 연락할게'라는 말 이후 만나지 않았던 친구에게 연락해보는 건 어떨까?

# 나의 학생 창업 이야기

'저 퇴사하겠습니다' 분명 언젠가는 말해야 될 말이었고, 연습도 했지만 그런데도 감정이 올라오는 순간이었다. '저희 한번 창업해볼래요?'라는 말에서 시작돼서, 작별의 말이 나오기까지 2년이라는 세월 걸렸다. 이번에는 누구보다 야망 넘치는 우리 팀의 이야기해보려고 한다.

2020년 대학교 공모전에서 우리는 만났다. 대학원에 갈까, 취직을 준비할까 고민하던 나에게 친구가 공모전에 나가보라고 추천해줬다. 그리고 다양한 사람들을 만나면서 경험하려고 참가한 공모전이 나에게 커리어의 전환점이 된 순간이었다. 멋진 팀원들을 만나 공모전에서 수상한 이후 약속이라도 한 듯이 함께 창업하기로 이야기했다. 서로의 실력이 엄청나게 뛰어나지는 않았지만, 시너지가 정말 좋았다. 각각의 개성과 함께 일하면 서로의 단점을 잘 커버해주었고 마치 무임승차 없는 팀 프로젝트 같았다. 그렇게 우리는 첫발을 내디뎠다.

패기롭게 시작했지만 쉬운 적은 단 한 번도 없었다. 도와주는 사람 없이 1부터 모든 것을 쌓아 올리는 것은 생각보다 힘들었다. 개발 공부부터, 문서화, 소프트웨어 설계, 이해관계 일치 등 개발 외적인 것들도 쉽지 않았다. 그것뿐만 아니라 아이디어 기획, 국가 지원 사업 신청 등 모든 것들이 새로운 도전이었으며 힘들었다. 며칠 동안 함께 밤을 새우면서 일하고, 시험 기간에는 시간을 쪼개가면서 일했다. 중간에 멤버가 나가기도 하고, 주제도 몇 번 바뀌면서 아이디어를 몇 번이나 갈아엎었다. 하지만 다들 불평 하나 없이 모두 자기 일이라고 생각하고, 각자의 자리에서 최선을 다했다. 그래서 그런지 적어도 팀원 때문에 힘들었던 일은 한 번도 없었다. 힘든 나날들을 이겨내고 우리는 서비스를 성공적으로 런칭하고, 돈을 벌었다.

이후에도 서비스를 계속해서 개선하고, 마케팅하며 조금씩 발전했다. 남는 시간에 문서화하고, 그동안 못했던 작업도 하면서 다음 기획을 준비했다. 하지만 함께 목표로 한 첫 번째 목표를 달성하니, 어느새 서로가 바라보는 방향이 조금 달라졌다. 나는 성장에 목말라 있었고, 다양한 시도를 하며 프로젝트를 더욱 발전시키고 싶었다. 그러나 돌아온 건 당분간은 새로운 개발 프로젝트를 하기 힘들 것 같다는 대답이었다.

그때부터 나는 퇴사를 생각하기 시작했다. 한 발짝 떨어져서 바라보니, 실제로 주니어 개발자 혼자서 삽질하며 성장하기에는 너무 힘들고, 속도도 느렸다. 혼자 고민해서 문제를 해결하는 것보다, 주변에 조언을 구해서 해결하는 게 더욱 빠르고 확실한 방법이었다. 앞으로는 다른 사람들에게 조언받으며 더 큰 서비스에서 다양한 경험을 하고 싶었다. 그렇게 점점 끝은 다가오고 있었다.

한 명의 근로자가 아닌 팀원으로서, 힘들었지만 너무 소중한 순간들이고 애정을 갖고 일했었다. 그래서 더욱 감정이 올라왔고, 퇴사에 관한 이야기하기가 힘들었다. 하지만 다른 회사에 채용되면서 정말로 헤어질 시간이 다가왔고, 모두가 있는 자리에서 이야기를 꺼냈다. 모든 팀원은 축하해주고,

진심으로 기뻐해 주었다. 나도 축하를 받으며 즐겁긴 했지만, 매일 당연하게 다닌 사무실, 시시콜콜한 이야기를 하며 같이 지낸 팀원들, 즐거웠던 순간들을 떠올리니 약간의 아쉬움도 남았다.

퇴사 소식을 전하고, 퇴근하고 돌아가는 길에 문득 한 문장이 생각났다. '만남이 있으면 이별도 있다.' 이별할 것을 모두 알고 있었고 준비했고 분명 새로운 시작을 축하해주었지만, 그 순간이 마냥 즐겁고 기쁘지는 않았다. 그래도 내 첫 스타트업은 잘 마무리했고 정말 자랑스러운 첫 단추였다. 힘든 만큼 많은 성장을 했으며, 다시는 없을 많은 경험은 언젠가 할 창업의 큰 자산이 될 것이다. 앞으로도 더 넓은 세상에서 더 다양한 경험을 하며 성장할 것이다. 내 선택에 후회가 되지 않도록 매일 최선을 다할 것이다.

[에필로그]

 '매일 2% 성장하기'라는 모토를 가지고 글쓰기 시작한 지 1년, 좀 더 정교하고 나만의 필체로 글을 쓰고 싶었다. 그런 나에게 집필은 임계점을 넘게 도와주었다. 팀원들과 공통된 주제로 글을 쓰고, 함께 쓰고 성장하는 재미가 있었다. 좋은 글을 쓰려고 노력하고, 책이라는 결과물을 만드는 과정들이 너무 알차고 값진 순간이었다. 함께한 동료들, 사랑하는 부모님, 도와준 지인들에게 감사의 마음을 전한다. 다음에는 더 성장한 모습으로 나 답게 나 자신을 바라볼 수 있기를 바라며 글을 마친다.

# 작가 신혜미

11년 차 손해사정사. 일하는 엄마.

'오늘의 행복을 내일로 미루지 말자' 라는 삶의 모토로

좋아하는 일을 더 자주 하려고 합니다.

나를 알아가는 글쓰기를 통해

생산자로서의 삶을 시작하려 합니다.

# 고맙다는 말

나는 손해사정사다. 자동차사고가 접수되면 사고조사를 통해 면부책을 판단하고 차량의 손해액을 확정하는 일을 한다.

사고가 난 사람들을 상대하다 보니 열에 아홉은 화가 나 있거나 예민한 상태인데, 보험료의 할증이라는 금전적인 부분과 자동차라는 재산상의 손해와 직결되어 있기 때문이다.

신입사원이었을 때, 전화 통화가 무서웠다. 사람들은 이유 없이 내게 화를 냈고, 그들이 쏟아내는 짜증과 한숨을 듣고 있으면 나의 기분도 한없이 가라앉았다.

마음을 졸이며 일을 하던 어느 날.

주차장 내 가벼운 접촉사고가 배정되었고 운전자는 60대 중반의 어머님이셨다. 사고 내용을 확인하고 앞으로의 진행 사항을 안내 후 통화를 마무리했다. 짧은 통화였지만 차분 하고도 따뜻한 목소리에 왠지 모르게 마음이 편안해지는 느 낌이었다.

딩동! 문자메시지가 도착했다.

"Thank you. Have a nice day"

통화가 끝난 후 영어 자판을 하나하나 누르셨을 모습이 떠올랐다. 날이 선 말들로 상처입은 나에게 따뜻한 위로가 되었다. 얼른 감사하다고 답장을 보내고, 최대한 신속하게 사고처리를 마무리했던 기억이 난다.

3만여 건의 사고를 처리하면서, 고맙다는 말을 듣는 경우 는 정말 드물다. 수리 비용이 너무 비싸다며 화를 내지 않으 면 고마울 정도이다. 우리는 왜 고맙다는 말에 인색한 걸까? 아마 자신이 경험한 서비스가 당연한 것이라고 생각하기 때 문일 것이다.

"당신이 경험해 보지 못한 최고의 서비스를 제공합니다"

나는 이 말이 싫다. 고객에게는 기대감을 한껏 끌어올려주는 말이지만, 서비스 제공자에게는 무언의 압박을 주는 괴로운 말이다.

요즘은 '가성비'를 넘어 가격 대비 만족감을 뜻하는 '가심비'가 유행이라고 한다. 누가누가 더 낮은 가격으로 더 높은 수준의 서비스를 제공하는지 경쟁을 부추기는 것 같다.

예전의 나 또한 내가 지불한 금액보다 높은 수준의 서비스를 받길 원했다. 하지만 내가 서비스 제공자가 되어 보니, 이건 너무 가혹하다. 그들도 나처럼 월급 또는 시급을 받는 근로자일 뿐, 더도 말고 덜도 말고 그들이 받는 급여에 준하는 적정 수준의 서비스만 제공하면 충분하다고 생각한다.

'최고' 또는 '만족'이라는 감정은 너무나 주관적이어서 동일한 서비스를 제공하더라도 받는 사람에 따라, 최고가 될수도, 최악이 될 수도 있기 때문이다.

낮은 급여를 주면서 무조건 높은 수준의 서비스를 제공하라고 강요해서는 안 된다. 자신이 원하는 높은 수준의 서비스를 제공받지 못했다고 다른 사람을 감정 쓰레기통으로 만들어서도 안 된다. 누구도 그럴 권리는 없다.

나는 내게 문자메시지를 보낸 고객처럼 고마움을 전할 수 있는 사람이 되고 싶다. 최소한의, 기본적인 수준의 예의는 지키는 사람이 되고 싶다.

잊지 말자. 수준 높은 서비스를 받고자 한다면, 내가 먼저 수준 높은 고객이 되어야 한다는 것을.

# 추억의 맛

나는 햄버거를 좋아하는 편은 아니지만, 주기적으로 먹는 햄버거가 있다. 바로 롯데리아의 새우버거다.

초등학생 때, 나는 방학이 되면 무조건 시골에 갔다. 시골에서 1~2주정도 지내다가 근처에 있는 이모네 집에 들렀다 오는 게 나에게는 최고의 방학이었다. 지금처럼 고급 리조트나 해외여행은 상상조차 해본 적 없던 시절이었다.

자가용이 없던 우리 가족은 다 함께 버스를 타고 시골에 내려갔다. 버스를 타려면 강변역에 있는 동서울 터미널에 가야 했는데, 터미널 맞은편에는 롯데리아가 있었다.

나에게 시골 가는 날은 롯데리아 새우버거를 먹는 날이었다. 그날은 일부러 밥도 조금 먹었다. 터미널에 도착해서는 엄마에게 배가 고프니 새우버거를 사달라고 졸랐다. 빠듯한 버스 시간 탓에 새우버거를 못 먹는 날은 시골에 가는 두시간 내내 인상을 쓰고 있었던 것 같다.

분주한 터미널을 사이에 두고 유난히 붐비는 매장, 그 안에서 진동하는 고소한 감자튀김 냄새, 주문을 하고 계산을 하는 사람들의 행렬, 버스 시간에 늦을까 목을 빼고 주문한 음식이 나오길 기다리는 사람들…

주문한 새우버거가 나오면 나와 동생은 세상을 다 가진 듯했고, 터미널로 돌아가는 우리의 발걸음은 가볍고 경쾌했다.

심심한 빵 사이에 새우 패티 한 장, 소스에 절여진듯한 양상추, 이게 전부인 단출한 모습이지만 신기하게도 지금 먹어도 너무너무 맛있다.

나에게는 기다림의 맛이고, 그리움의 맛이라 그런 가보다.

요즘의 햄버거는 주머니 가벼운 사람들이 마음 편히 한 끼 때울 수 있는 음식이 아니다. 특히 인기있는 수제버거 세트를 먹기 위해서는 2만 원 정도가 필요하다.

두툼한 패티, 흘러내릴 듯한 치즈, 신선한 채소를 높이 쌓아올린 멋진 비주얼의 수제 버거나 해외 유명 프랜차이즈 버거도 많이 먹어봤지만, 흐르는 강물을 거슬러 오르는 연어의 귀소본능처럼 나는 다시 새우버거로 돌아왔다.

새우버거는 1979년 출시되어 7억 개 이상 판매된 스테디셀러라고 한다. 43년 동안 사랑받은 버거라니… 나처럼 추억을 가진 사람들이 정말 많겠지.

한 살, 한 살 나이를 먹다 보니, 내가 아끼고, 좋아하고, 사랑했던 것들은 점점 사라지고, 슬퍼할 겨를도 없이 그 자리는 새로운 것들로 빠르게 채워진다.

새우버거를 먹으면 그 시절 엄마, 아빠, 동생과 함께 버스에 오르던 기억, 우리를 반겨주던 할머니, 할아버지의 모습이 떠오른다. 잃고 싶지 않은 추억이다.

새우버거만큼은 사라지지 않고 쭉 있어줬으면 좋겠다.

# 아빠의 전역식

35년 6개월.

우리 아빠가 군에서 복무한 시간이다. 지금까지 내가 살아온 시간과 맞먹는, 감히 상상할 수조차 없는 시간이다. 꿈 많던 스무 살 청춘은 군대라는 곳에서 어느새 머리가 희끗희끗한 중년이 되었다.

2013년 가을, 아빠는 강원도 양구에서 전역을 앞두고 계셨다. 나는 결혼 준비로 한창 바쁜 나날을 보내고 있었는데 드레스 투어, 웨딩 촬영 등으로 몇 개 없는 연차를 야금야금 소진하고 있었다.

아빠의 전역식은 하필 월 마감날이었다. 그 당시 우리 회사의 마감은 살벌했는데 제야의 종소리를 집으로 돌아오는 버스안에서 들었으니 말 다 했다. 팀장님, 선배님들 눈칫밥에 배부르던 입사 2년 차에게는 '아빠의 전역식'보다 '팀의 목표달성'이 먼저였다.

고민 끝에 결국 휴가를 쓰지 못했고, 동생 또한 해외에 있던 터라 아빠와 엄마 두 분이 전역식을 하게 되었다.

그동안의 인내와 노고에 감사를 표하고 함께 축하해야 할 전역식은 아빠의 자랑이었던 두 딸이 빠진 채 치러졌고, 아빠의 군생활은 그렇게 마무리되었다. 그 당시 아빠는 내게 아무런 내색을 하지 않으셨다. 나도 죄송한 마음을 전하지 못한 채 시간이 흘렀다.

이 일은 지금까지 회사 생활 중 가장 후회되는 일로 남아 있다. 회사라는 곳은 나 하나 없어도 잘 돌아가는 곳임을 너무 늦게 알았다.

상명하복의 위계질서가 전부인 군대라는 곳에서 35년간 복무하고 정년퇴임을 한다는 것은 정말 대단한 일이다. 젊

은 시절의 아빠 또한 그만두고 싶었던 날이 없었으랴. 엄마
와 나, 동생을 보며 버텨냈을 것이다. 작은 괴로움에도 퇴사
를 고민하는 내 모습이 부끄러웠다.

전역식 사진 속 아빠의 웃음이 오늘따라 왠지 모르게 쓸
쓸해 보인다. 내 마음 한 편이 아려 온다.

아빠는 전역하신지 9년이 지난 지금도 새벽 6시에 일어나
는 규칙적인 생활을 하시며, 다부진 체형을 유지하고 계신
다. 말과 행동에서는 여전히 군인으로서의 긍지와 자부심이
느껴진다.

요즘에는 등산에 열심이시다. 등산 기록용으로 인스타그
램 계정을 하나 만들어드렸는데 등산하며 찍은 사진과 감상
을 올리는 게 재미있으신 가보다. 나의 계정보다 팔로워와
좋아요가 더 많다.

산을 좋아하는 아빠와 언젠가 한라산 등반을 하고 싶다.
함께 산을 오르며 그때 죄송했노라고 말씀드리고 싶다.

# 나를 돌보는 시간

회사에서 일을 하고 있는데 아이 학원에서 전화가 왔다. 학교에서 넘어져 무릎을 다쳤는데 수영 수업을 해도 좋을지 묻는 전화였다. 육아휴직이 끝나고 복직을 했을 때, 내가 제일 두려웠던 건 어린이집이나 유치원에서 걸려온 전화였다. 핸드폰에 그 번호가 찍히면 전화를 받기도 전에 심장이 두근두근했다. 아이의 컨디션이 좋지 않다거나, 코로나 확진자 발생 같은 긴급상황이 대부분이었기 때문이다. 아마 모든 워킹맘이 그럴 것이다.

학교에서 따로 전달받은 내용이 없던 터라, 수영 선생님이 사진을 찍어 보내주셨다. 왼쪽 무릎부터 발목까지 깊지는 않지만 넓게 살갗이 까진 상태였다. 사진을 보는 내가 다 쓰라렸다. 수영 수업이 있는 목요일만 기다렸던 아이는 수영을 하고 싶어 했지만, 오늘은 쉬기로 했다.

아이에게 물어보니 친구들과 얼음땡 놀이를 하다가 넘어져서 운동장 바닥에 무릎 아래가 쭉 쓸렸단다. 보건실에서 스프레이로 소독을 하고 반창고를 붙여 주셨다고 했다. 아이는 아픈 것보다 보건실에 처음 가본 게 더 좋았나 보다. 보건실 선생님이 너무 친절하셨고, 보건실은 엄마가 좋아하는 하얗고 깨끗한 곳이었다고 눈을 반짝이며 이야기했다.

신랑은 오늘 오른쪽 위아래 사랑니를 빼고 왔다. 얼마전 받은 건강검진에서 충치가 발견되었기 때문이다. 하루 종일 아무것도 먹지 못한 남편을 위해 집 근처 편의점에 들러 죽과 바나나를 샀다.

집안을 대충 훑고, 잠든 아이의 무릎에 연고를 발라주면서, 바나나 껍질을 치우면서, 문득 이런 생각이 들었다.

'나는 누가 돌봐주지?'

나는 잘 참는 편이다. 아픈 것도 잘 참고, 힘든 것도 잘 참는다. 가족이나 친구들에게 걱정을 끼치는 것이 싫어서 고민이나 문제가 있을 때에도 대부분 내가 조용히 해결하는 편이다.

혼자 끙끙 앓다가 시간이 지나면 대부분 자연스레 해결되거나 나아졌는데, 적극적인 해결없이 시간으로 때우다 보니 완전히 아물지 않은 상처와 고민의 찌꺼기들은 나도 모르게 마음속에 쌓이고 있었다.

친구나 가족을 통해 위로를 받기도 했다. 속마음을 털어놓는 순간에는 금방이라도 해결될 듯 무거움은 절반으로 줄었다. 하지만 일시적일 뿐, 근본적인 해결책은 아니었다. 나의 감정이나 문제를 다른 사람에게 공유하는 일은 점점 부담스러워졌고, 시간이 지나 그것에 대해 다시 물어올 때면 대답하기 곤란했다.

이런저런 고민 끝에 내가 얻은 결론은 나를 돌볼 사람은 나 뿐이라는 것이다. 그리고 나를 돌보기 위해 내가 선택한 것이 바로 글쓰기였다.

글을 쓰기 위해서는 우선 '나'에 대해 잘 알아야 했다.

내가 좋아하는 것, 싫어하는 것, 기쁠 때, 슬플 때, 하고 싶은 것, 꿈…………

나에게 계속 질문을 던졌다. 그동안의 나는 엄마 또는 배우자라는 수식어가 먼저 붙는 사람이었다. 내가 나에게 던진 질문에 답을 찾아가는 동안 내가 쓰고 있던 페르소나가 한 겹, 한 겹 벗겨졌다. 하얗고 단단한 진짜 알맹이만 남게 되었다.

나도 모르던 나의 모습에 놀라기도 하고, 재밌기도 했다. 질문의 답을 글로 남기고 소리 내어 읽는 과정을 통해 깊이 숨겨두었던 나의 고민과 상처는 활자라는 날개를 달고 훨훨 날아갔다.

글쓰기는 여전히 서툴고, 어렵다. 무슨 글을 어떻게 써야 할 지도 잘 모르겠다. 하지만 나는 오늘도 나에게 하나의 질문을 던지고 그 대답을 글로 남긴다.

오늘 내가 던진 질문은 "나는 왜 글을 쓰는가" 였다.

# 인도가 나에게 준 선물

2011년 6월. 나는 인도에 있었다.

그때의 나는 취업시장에서 탈락의 고배를 마시고 있었다. 우연히 [갠지스강에서 버터플라이]라는 드라마를 보게 되었고, 어느새 나는 인도행 비행기에 몸을 싣고 있었다.

인도에서의 60일.

내 인생에서 가장 자유로운 시간이었다. 일어나고 싶을 때 일어나고, 먹고 싶을 때 먹고, 자고 싶을 때 자는 인간의 기본욕구에 충실한 하루하루를 보냈다.

한국으로의 연락은 최소화했다. 핸드폰은 다른 도시로 이동할 때 생존신고용으로만 사용했고, 거의 전원 off인 상태로 지냈는데 핸드폰과 인터넷 없이 어떻게 두 달을 보냈는지 지금도 참 신기하다.

  내가 가장 오래 머물렀던 곳은 바라나시였다. 미로처럼 좁은 길을 따라 내려가다 보면 인도인들이 가장 신성하게 여기는 갠지스강이 나오고, 이 강을 따라 가트(강, 호수로 이어지는 계단)가 쭉 이어져 있었다.

  목욕을 하는 사람, 빨래를 하는 사람, 수영을 하는 아이들, 반신욕을 즐기는 소들, 시체를 화장하고 유해를 뿌리는 사람들…이 모습을 한꺼번에 마주하니 머릿속이 혼란스러웠다.

  뱅갈리토라 골목에는 일본인이 운영하는 카페와 식당이 유독 많았다. 1972년 출간된 후지와라 신야의 '인도방랑'이라는 제목의 여행기는 그 당시 대학생들의 바이블이었는데, 이 책을 읽은 젊은이들이 인도로 몰려왔다고 했다.

  내가 매일 갔던 살라 카페도 일본인이 운영하는 곳이었다. 가게 안은 깔끔하고 단정했으며, 피아노 재즈가 흐르고 있었다. 스콘과 아이스 아메리카노라니… 인도와 어울리지 않는 호사스러운 순간이었다. 커피를 마시며 밖을 바라보고 있노라면, 마치 큰 TV 화면을 통해 인도 여행 다큐멘터리를 보고 있는 것 같은 기분이었다.

그날도 카페에서 시간을 보내고 있었는데 멀리서 "람 람 사드 야헤"(라마 신은 알고 계신다)라는 소리가 들려왔다. 그 소리는 점점 가까워지더니 4-5명의 남자들이 무언가를 어깨에이고 내 눈앞을 빠르게 지나갔다. 알고 보니 시신을 마니까르니까 가트로 옮기는 모습이었다.

마니까르니까 가트는 갠지스강에서 가장 신성한 가트로 시신을 태우는 화장터이다. 화장한 뼛가루를 갠지스강에 흘려보내면 윤회의 사슬에서 벗어날 수 있다는 힌두교도들의 믿음 때문일까. 마니까르니까 가트의 불은 쉴 새 없이 타오르고 있었다.

내가 죽음을 가장 가까이서 목격한 순간이었다.

인도에 다녀온 후 나에게 있어 가장 큰 변화는 죽음에 대한 가치관의 변화였다. 나에게 죽음이란 두렵고 상상하고 싶지 않은 것이었다. 어쩌다 한 번 생각이 떠오르면 뫼비우

스의 띠처럼 생각이 꼬리에 꼬리를 물어서 끊어 내기가 어려울 지경이었다. 어렸을 때에는 내가 사랑하는 엄마와 아빠, 그리고 내가 언젠가 죽는다는 사실이 너무 무서워서 엉엉 울다 잠든 적도 많았다.

하지만 죽음은 내가 인정하지 않거나, 도망갈 수 있거나, 거부할 수 있는 게 아니었다. 삶과 죽음은 동전의 양면처럼, 치열한 삶 뒤에는 죽음이 조용히 우리를 기다리고 있었다. 안 그래도 팍팍하고 힘들게 살아가는 존재의 끝이 죽음이라니 뭔가 허무하기도 하고 서글프기도 하다.

나는 죽음에 대한 생각과 죽음에 대해 이야기하는 것을 금기시하지 않기로 했다. 내가 원하는 삶처럼 내가 원하는 마지막에 대한 준비가 있어야겠다고 생각했다.

여전히 나 또는 가까운 이의 죽음에 대해 생각하는 것은 달갑지 않지만, 가끔은 배우자와 죽음에 대해 이야기를 나누려고 한다. 삶의 유한함을 마음에 담고 하루하루를 충실하게, 감사하며 보내려고 한다.

오늘의 만남이 마지막일 수도 있기에, 말 한마디, 눈빛 하나에도 진심을 담고 싶다.

인도 여행을 통해 얻은 값진 선물이었다.

[에필로그]

글쓰기의 매력과 괴로움에 푹 빠졌던 한 달이었습니다.
스테르담작가님과 와글 4팀 식구들 덕분에 행복했습니다.

서툰 글이지만 무한 칭찬과 격려를 보내준
mi, lena, fresh_jy, yeon 고맙습니다.

그리고 전폭적인 지원을 아끼지 않으신
사랑하는 원과장과 원썸머에게도 감사드립니다.

'쓰는 사람이 작가'라는 말을 다시한번 마음에 새기며...
곧 브런치에서 뵙겠습니다.

# 작가 유진

예민한 아이를 키우는 더 예민한 엄마입니다.

글쓰기는 제게 치유를 경험하게 해주었고

또 다른 희망을 품게 해주었답니다.

그 치유의 과정을 함께 해보실래요?

# 기억 속 엄마 얼굴

동생 손잡고
둥둥 떠다니는 발걸음으로
달려간
노란 간판집


두리번두리번
어딜 봐도 가슴이 터질 것 같아

고불고불 파마머리
아주머니랑
알 수 없는
엄마의 표정

동생은
신이 나고
자꾸만 어두워지는
엄마의 얼굴


나는 알 것 같았다
엄마의 얼굴


비장한 목소리로
외친 내 목소리
이거 주세요
이거 주세요


돌아오는 발걸음은
자꾸만 무거웠다

제 어린 시절 이야기를 해볼까요? 7살의 기억입니다. 제 기억 속의 우리 집은 가난하지 않았는데 사실은 좀 힘들었나 봅니다. 동생과 신나게 놀던 여느 때와 같던 날이었어요. 엄마가 좋은 거 사준다고 같이 가자 하더군요.

우리 남매는 신이 나서 제자리 뛰기를 하며 잔뜩 흥분했었어요. 우리에게 장난감이란 아주 귀한 것이었거든요. 기껏해야 종이 인형 만들기나 밖에서 소꿉놀이를 하던 게 전부였으니까요.

한 손은 엄마 손 잡고 한 손은 동생 손을 잡고서 한 발 뛰기를 번갈아 가며 뛸 정도로 흥분했었죠. 가는 내내 웃음소리가 끊이지 않았답니다. 드디어 노란색 간판의 장난감 가게 앞에 도착했고 저는 들어가기 전부터 긴장이 되었어요. 제일 먼저 눈에 띈 건 인형이었고 그 다음은 눈이 어지러울 정도로 알록달록한 장난감들이었어요. 무엇을 고를지 고민하고 있을 때였죠.

고불고불 파마머리를 한 아주머니가 블록 장난감을 보여주며 큰 목소리로 이야기하고 있었어요. 지금 생각하면 이

장난감이 얼마나 좋은지 말했던 것 같아요. 저도 그 장난감이 마음에 무척 들었거든요. 알록달록한 블록에 홀딱 반해서 정신없이 아주머니의 설명을 듣고 있었죠.

그런데 아까부터 신경이 쓰였던 엄마의 표정이 심상치가 않았어요. 조금 긴장한 것 같았던 엄마는 아주머니의 말이 길어질수록 어두워지고 있었거든요. 7살이었는데 어떻게 엄마의 표정을 보고 그런 마음을 느꼈는지 모르겠어요. 어쩌면 엄마의 그 표정은 금방이라도 울 것 같은 슬픔이어서 7살 아이의 눈에도 보였나 봐요.

저는 그때부터 웃을 수가 없었어요. 아주머니의 목소리가 커질수록 엄마의 목소리는 작아졌고 아주머니가 말이 많아질수록 엄마는 말이 없어졌지요. 저는 그 순간 저 마녀에게서 엄마를 구해야겠다는 생각을 했고 무작정 소리쳤죠.

"이거 주세요!" 제 목소리에 가게에 있던 사람들의 행동이 멈췄어요. 저는 다시 소리쳤지요. "이거 주세요!"

그제야 밝아지는 엄마의 얼굴을 볼 수 있었어요. 엄마의 슬픈 눈도 다시 웃음을 찾게 되었지요. 아주머니는 좀 당황 스러워하셨지만 프로다운 자세로 작은 장난감도 소개해주었 어요. 엄마는 아까보다 여유롭게 설명을 들었죠.

돌아오는 우리의 손에는 작은 블록 장난감통과 작은 장난 감들이 있었어요. 엄마와 동생은 밝은 목소리로 이걸로 뭘 할 건지 이야기를 했지요. 하지만 저는 돌아오는 내내 조용 히 듣기만 했어요. 노란 간판집으로 가는 길은 날아갈 것 같 고 발이 둥둥 뜬 것 같았는데 집으로 돌아오는 길은 발이 너 무 무거웠거든요.

사실 저는 큰 블록 장난감이 갖고 싶었어요. 노란 간판집 에 들어갈 때부터 그 장난감에 홀딱 반했던 건 저였답니다. 아주머니의 설명을 들을수록 더 신이 났고 그걸로 성을 만 들 생각에 마음이 쿵쾅거렸지요. 엄마의 슬픈 눈을 보지 못 했더라면 저는 엄마를 울게 했을지도 모르겠어요. 저는 엄 마가 웃었으면 좋겠다고 생각해서 작은 블록을 고른 건데 제 마음은 기쁘지 않았거든요. 자꾸만 눈물이 날 것 같아서 고개를 푹 숙이고 걸었죠.

슬프다는 감정을 처음 배운 날이었어요.

어른이 되어서 그날을 기억해봤어요. 그냥 지나간 기억일 뿐일 텐데 다시 꺼낸 기억은 아팠어요. 어린 저의 마음에 슬픔이란 감정이 처음으로 들어온 날이어서 그럴까요? 이제는 저도 아이를 키우는 엄마가 되었답니다. 지금의 저는 그때의 엄마보다도 나이가 많아요. 어렸던 엄마는 얼마나 슬펐을까요. 지금 생각하면 어렸던 엄마가 안타까워요. 아이에게 주지 못하는 슬픔은 겪어보지 못하면 알 수 없을 테니까요. 처음으로 장난감을 사주는 기쁨이었을 텐데 돌아오는 순간 엄마도 속으로는 웃지 못했을 것 같아요.

엄마 고마워 그리고 미안해….

# 50원

호호
입김 불면
구름같이 흩어지던 날


손에 꼭 쥔
50원
소중히 안고
소중한 내 동생
손도 꼭 잡고


킁킁
냄새 따라

비장한 내 표정

저기
반만요


조마조마한 내 손위의
50원


아주 추웠던 겨울이었어요. 그때 저에겐 딱 50원뿐이었죠. 그 당시에 맛난 붕어빵은 한 개 100원이었는데 저에겐 50원뿐이었답니다. 하지만 전 씩씩한 누나라고요. 동생 손을 꼭 잡고 붕어빵 가게 앞에 서서 목에 힘을 주고 섰죠.

**"아줌마! 저 50원어치만 주세요!"**

그때 아주머니의 표정은 기억이 안 나요. 하지만 전 동생에게 그 붕어빵을 꼭 먹이고 싶었어요. 그래서 아랫배에 힘을 주고 눈에도 힘을 줬죠. 잠시 저를 보던 아주머니는 붕어빵 한 개를 줬어요. 저는 당당하게 제 동생에게 붕어빵을 쥐여주었답니다. 그리고 돌아오면서 이렇게 생각했어요.

**'눈싸움에서 이겼다'**

기죽지 않으려고 그랬던 것 같아요. 기죽으면 붕어빵을 못 살 것 같았거든요. 동생 손을 잡고 돌아오던 길이 어찌나 뿌듯했던지 생생히 기억난답니다.

그 시절엔 그랬어요. 돈이 귀했고 우리 집도 돈이 귀했거든요. 부모님은 고생하셨고 우리 남매도 다른 집들처럼 둘이서 꼭 붙어서 밖으로 돌아다니며 놀던 시절이었죠. 아침 먹고 나가서 놀고 점심 먹고 나가서 놀고 실컷 놀다가 노을이 지면 엄마가 저녁 먹으라며 데리러 오셨죠. 그렇게 비타민 D를 넘치게 흡수하며 온 동네를 발발거리고 다녔답니다. 배고프면 집으로 들어가서 엄마를 졸라 간식을 먹고 다시 뛰어나가 놀던 아이가 바로 저였죠. 동생은 그 당시에 누나 껌딱지여서 제 손을 잡고 짝꿍처럼 늘 따라다녔어요. 자전 거도 제가 직접 가르친 아이라고요. 어릴 땐 꽤 귀엽게 생각했던 동생이었어요. 생각해보면 고작 2살 차이인데도 저는 늘 아기 대하듯 했지요.

그해 겨울도 옛날 겨울이 그랬듯이 엄청 추웠어요. 지금의 겨울은 비빌 것도 못되죠. 그런 추위에 우리 남매는 붕어빵을 먹겠다는 일념으로 붕어 빵집을 향해 씩씩하게 걸어갔답니다. 하지만 제 마음은 걸음걸이만큼 씩씩하지는 못했어요. 제 손에는 50원이 전부였기 때문에 혹시 아주머니가 안된다고 할까 봐 가는 내내 불안했던 기억이 나요. 동생에게는 누나라고 큰소리 뗑뗑 쳤는데 아주머니가 안된다고 하면 어떻게 하나 싶어서 속으로는 자신이 없었거든요.

사실 제가 그렇게 자신이 없었던 데는 이유가 있었어요. 학교 앞에서 아이들을 상대로 쥐포 같은 거를 구워서 팔던 아저씨가 있었는데 그게 50원이었거든요. 하루는 제가 갖고 있던 돈이 40원뿐이어서 그냥 돌아갔었지만 너무 먹고 싶은 마음에 다시 돌아와 40원어치만 줄 수 있냐고 물어봤죠. 결과적으론 매몰차게 거절당했답니다. 그래서 붕어빵도 실패할까 봐 두려웠던 거죠.

붕어빵 가게 앞에 서서 잠시 할 말을 생각했던 그 시간이 얼마나 길게 느껴졌는지 몰라요. 동생 손을 꼭 잡은 제 손에도 땀이 났었죠. 딱 하나만 사서 둘이 나눠 먹고 싶었기 때문에 바로 앞에서 포기할 순 없었답니다. 용기를 내서 얘기를 했는데 착한 아주머니는 제 마음을 들여다보셨는지 아주 뚱뚱한 붕어빵을 주셨어요. 그 아주머니의 얼굴은 기억이 안 나지만 따스한 느낌은 기억이 나요. 뜨거운 붕어빵을 반으로 쪼개서 동생이랑 나눠 먹고 아쉬운 마음에 붕어빵 가게를 다시 돌아봤던 어린 날의 기억입니다. 저에겐 따스하고 아쉬운 하루였죠.

가끔 붕어빵 장수를 보면 옛날 그 아주머니가 생각나요. 빨간 코를 하고 동생 손을 꼭 잡고서 맹랑하게 외치던 그 아이를 아주머니는 기억할까요?

# 이유

쿵쿵
처음 본 너는
힘찬 소리였고


으앙
품에 안아 본 너는
축복이었고


타박타박
손잡고 걷던 너는
사랑이었고

종알종알
나를 찾던 너는
행복이었고


이제
너는
내가 사는 이유가 되었다.



긴 기다림으로 아이를 품에 안았고 조금 어려운 시간을
보내며 삶을 키워나갔어요. 이제는 제가 살아야 할 의미가
된 소중한 제 아이에 대한 이야기입니다.

어느 날이었죠. 조용히 책을 보다가 만화를 보며 깔깔깔
웃던 아이를 바라본 날이었어요. 별 다를 것 없던 그저 늘
같았던 하루였지요. 그런데 제 마음이 좀 달랐던 하루였어
요. 아이를 보는 제 마음이 제게 이런 말을 하더라고요.

'네가 사는 이유가 저기에 있어. 네가 사는 네 삶의 의미

말이야.'

누구나 각자 자기가 살아야 할 이유인 삶의 의미가 있죠. 저는 그 의미를 찾기 위해 긴 시간을 방황했던 것 같아요. 남들보다 유난스러웠거든요. 사람들은 저에게 말했어요.

"단순하게 살아. 뭘 그렇게 생각하냐."

하긴 저도 제 마음이 왜 그런지 알 수 없어서 더 힘들었으니 마음을 숨기고 그저 힘들었죠.

'그래 남들처럼 그냥 단순하게 생각하자. 단순하게 살자.'

그렇게 저를 단순함에 가둬서 살았어요. 결국 저는 다시 아팠죠. 저는 알아야 했거든요. 이래저래 긴 터널을 지났고 저는 이제 그 이유를 찾았어요. 알 수 없는 빈 공간 때문에 늘 아팠던 제 마음이 어느 날 품에 안긴 소중한 별 덕분에 조금씩 조금씩 차올랐거든요. 니체가 말했다고 해요.

**"왜 살아야 하는지 아는 사람은 그 어떤 상황도 견딜 수 있다."**

저에게 주어진 삶이 그저 평안하지는 않아요. 하지만 제게는 이제 소중한 의미가 생겼으니 좀 더 단단해질 수 있어요. 예전 같으면 힘없이 포기하거나 물러섰을 상황에도 다시 마음을 가다듬고 저를 일으켜 세웁니다. 저는 스스로 계속 말을 해줘요.

"포기하지마. 네가 포기하지만 않으면 반드시 해낼 수 있어. 그저 믿어야 해. 그렇게 믿고 버텨. 그렇게 계속 밀고 가는 거야. 나는 너를 끝까지 믿을 거야."

제가 저에게 해주는 응원입니다. 이제는 누구도 아닌 저 자신이 저를 응원합니다. 그저 믿고 그렇게 밀고 나갈 겁니다. 예전에는 누군가의 응원과 지지를 받기를 원했지만 지금은 저 스스로 저를 응원합니다. 그렇게 하니 흔들리지 않고 버틸 수 있게 되었어요. 다른 사람의 영향을 덜 받게 되었거든요. 나약한 마음을 보듬고 안아주며 스스로 손잡고 일으킵니다. 나약할 수 있다고 그럴 수 있다고 다독입니다.

그렇게 오늘도 저는 제 손을 잡고 몇 번이고 일으켜 세웠답니다.

# 그는 내게 나무였다

내가 언제부터 그런 생각을 했는지는 기억나지 않는다. 그냥 무의식의 내가 그렇게 알고 있었던 것 같다.

마치 세포 속 유전자가 존재하듯이 그렇게 인식되고 있었던 것이다. 내가 그런 생각을 의식으로 끌어올려 마주 보게 된 건 20살이 지난 어느 지점이었다. 하루는 머릿속으로 여러 가지 생각에 빠져있었는데 문득 어떤 그림이 그려졌다. 그 그림은 순식간에 윤곽이 드러나고 색이 입혀졌다. 지금도 생각이 나냐고? 당연하다. 머리 안에서 그려진 선명한 그림은 시간이 지나도 그대로니까…. 그건 너무도 선명한 내 마음이었기 때문에 잊히지 않은 것이다.

나는 커다란 나무를 생각했다. 그 나무는 끝이 없는 울타리에 둘러싸여 있었고 나무 아래에는 사람들이 편안하게 쉬고 있었다. 나는 왜 그런 그림을 그렸을까? 그냥 가만히 눈을 감고 생각에 잠겼을 뿐인데 말이다.

사실 그건 내 마음이었다. 사람들에게 그런 쉼을 주는 사람이 되고 싶었다. 그 나이대에 그런 생각을 한다는 게 좀 어울리지 않을 수도 있는데 난 어렴풋이 그런 생각을 했었다.

'사람들을 치유하는 사람이 되고 싶다.'

하지만 너무 막연했고 이제 20살 초반이 된 대학생이 그런 생각을 한다는 게 우습기도 했다.

그리고 진짜 나의 울타리가 되어준 존재가 있었는데 그는 나의 아버지다. 내가 아버지를 생각하는 그림은 그런 커다란 나무다. 햇빛을 피해 나무 그늘 아래에서 땀을 식힐 수 있는 그런 나무 말이다.

내가 생각하는 나무는 그 자리에 늘 있을 것 같은 믿음이다. 나에게 나무는 믿음이고 안전함이다.

가족에게 언제나 든든한 담벼락이 되고 지붕이 되고 그늘이 되어준 존재가 내겐 아버지이다. 얼마 전 그런 존재에 흔들림이 있음을 알았다. 나에게 있어 그 나무는 세상에서 가장 강한 뿌리로 어떤 바람에도 뽑히지 않을 강한 존재였다. 하지만 그 믿음이 흔들렸다. 나는 혼란스러웠고 길을 잃은 존재가 된 기분이 들었다.

　그때의 나는 겉보기엔 괜찮았지만 사실 괜찮지 않았다. 나는 길을 잃지 않기 위해 안간힘을 써야 했다. 고요한 시간 모두가 잠이 들면 조용히 생각에 잠겼다. 그의 뿌리는 약해졌고 그걸 받아들여야 했다. 언제까지나 그늘을 만들어 줄 것 같았던 나무는 조용히 흔들리고 있었다. 그걸 이제야 알았을 뿐….

　나는 이제 그 나무 옆에서 삐죽이 솟은 막대기가 되려 한다. 나무가 기우뚱하면 보잘것없지만 조금이나마 기댈 수 있도록 몸에 힘을 주고 버틸 것이다. 땀이 나겠지. 숨이 차겠지 그래도 평생 흔들리지 않고 버텨준 나무가 고마워서 나는 버틸 것이다.

# 그러니 나를 기다려

나는 어느 순간부터 내 삶을 바꾸고 싶었다. 아니 오래전부터 이미 바꾸고 싶었다. 다만 그 방법을 몰랐을 뿐이지 바꾸고 싶다는 강한 욕망은 언제나 내 속을 박박 긁었으니까 ….

매일매일 스스로 속을 박박 긁어대면서 서 있는 내가 아니라 저 너머의 나를 봤다. 저 너머의 나는 웃고 있었고 저 너머의 나는 내게 손짓하고 있었다. 그곳에 가면 다른 것이 있을 거 같은데 어떻게 가야 하는지 알 수 없었다.

"거기서 너 뭐해? 나는 여기 있는데? 여기로 와 거기는 네가 있을 곳이 아니야."

매일매일 나를 향해 나를 부르는 소리를 들었다.

'누구는 가고 싶지 않은가 갈 줄 모르는 거지…. 자꾸 부르지만 말고 어떻게 가는 지 방법이라도 좀 알려주던가….'

빈정이 상했다. 오라고 손짓만 해대니 어찌나 얄밉던지…. 그러니 내 속은 더 부대끼고 박박 긁히다 못해 속이 쓰렸다. 마음이 쓰리니 진짜 속이 쓰렸고 한동안은 약을 먹어야 했다.

나는 정신을 차리고 내가 당장 해야 할 일들을 했다. 그렇게 하루가 가고 또 하루가 갔다. 그렇게 한 달이 가고 일 년이 가고 그렇게 몇 년이 구름처럼 흘러만 갔다. 그렇게 흐르는 동안 나는 변했고 내 곁도 변해갔다. 한 바퀴 뱅그르르 돌고 나니 모든 것이 바뀌었다. 이제 나는 정신을 차리지 않고 다시 저 너머의 나를 본다. 이제는 약간 손이 닿을 듯 말 듯 한 데 여전히 갈 방법은 애매하다.

어느 날은 손이 닿을 듯해서 가슴이 터질 듯 붕 떴다가 집어 던지듯 내팽개쳐질 땐 저 너머의 내가 미워 죽겠다.

왜 나를 불러서 왜 나를 불러서 내가 너에게 닿고 싶어
내 모든 것을 바꾸고 너에게 달려가게 했는데…. 왜….

그냥 놔두지…. 그냥 놔두지….
그냥 놔뒀으면 너를 몰랐을 거고
그럼 나는 그냥 정신 차리고 살았을 텐데….
그럼 그냥 구름처럼 흐르듯 살았을 텐데….

나는 이제 그렇게 살지 못해….
나를 이렇게 만든 네가 너무 미워….
나는 너에게 너무 닿고 싶어….
그러니 너는 나를 기다려….

[에필로그]

서로 모르는 5명이 만나 이렇게 책을 내게 될 줄은 생각
해 본적이 없었어요. 저는 이런 기회를 간절히 바랐었고 진
짜 저에게 이런 기회가 선물처럼 왔답니다.

우리는 이 과정에서 서로를 보듬고 응원을 하며 결과를
만들어냈어요. 한 가지 주제로도 다양한 글들이 만들어졌지
요. 받아들이고 느끼는 모든 것은 각자 다르지만 글쓰기에
대한 열망은 모두가 한 마음이었답니다.

저의 처음 그리고 우리의 처음인 이 책을 잊지 못할 겁니
다.

앞으로도 우리 모두의 글쓰기를 기대하고 응원합니다.

# 작가 쿠나

대학에서 27년째 학생들을 가르치고 있습니다.

'하쿠나 마타타',

걱정과 근심을 떨치고, 삶의 의미를 찾아서 글을 씁니다.

'그렇구나'(쿠나),

삶을 긍정하고 공감하는 글을 씁니다.

# 불안 레시피

어린 시절 나는 슬픔, 분노, 불안, 비참함 등 부정 감정을 잘 다루지 못하던 아이였다. 그때의 나는 외로워도 슬퍼도 참고 또 참는 만화영화 주인공 '캔디'나, 비루한 현실을 글쓰기로 승화한 키다리아저씨의 '주디', 혹은 상상력의 힘으로 역경을 이겨낸 빨강머리앤의 '앤'을 동경했다. 현실과는 다른 세상 어딘가에서 눈앞의 어려움을 두고도 징징거리지 않고, 만남과 우정을 소중히 하며, 노력과 투지로 끝내 자기 삶을 품위 있게 일구어 가는 주인공들의 모습이 멋져 보였다.

'캔디'와 '주디', '앤'은 모두 어린 시절의 특권이라 할 수 있는 부모라는 절대적 보호 장벽 없이 일찍이 거친 세상에 내몰려진 존재다. 발달심리학적 관점에서 보면 세상에 태어난 아기가 안정된 애착을 형성하지 못할 때, 자신과 주변인에 대한 불신이 생기고, 세상을 탐색하고 모험하고자 하는 마음이 위축된다. 내가 좋아하던 '캔디'와 '주디', '앤'은 불완전한 환경 속에서도 자신을 무너뜨리지 않고, 기어이 자기 정체감을 찾아간다. 이들은 어떻게 근원적 불안과 외로움을 딛고 자기를 긍정할 뿐 아니라, 타인을 긍정하며 낙관적 태도로 살아갔을까? 지금 생각해 봐도 참 대단하다.

어린 시절 나는 빨리 어른이 되고 싶었다. 어리기 때문에 가질 수밖에 없는 약함과 미성숙에서 벗어나고 싶었다. 그때의 나는 '이런 어른이 되어야지' 하며 주문처럼 중얼거리곤 했다. 어른이 되면 해야 하는 일보다 하고 싶은 일을 하며 살 거라고, 누구에게도 손을 빌리지 않고 내 힘으로 삶을 꾸려갈 거라고, 오롯이 나의 선택으로 운명을 개척하며 살 거라고……

올해로 직장생활 27년 차 어른 독립체로서의 나를 바라본다. 나는 내가 하고 싶은 일을 하며 매일 밥벌이를 하고 있다. 나의 선택으로 삶을 만들어 온 것도 사실이다. 그런데 왜 나는 여전히 자유롭지 못한 걸까? 살아갈수록 나를 위한 시간은 점점 사라져 간다. 하고 싶은 일을 계속하기 위해서는 더 많은 시간을 들여 해야만 하는 일을 완수해야 한다. 직장에서 피곤이 누적된 너덜너덜한 상태로 퇴근해서 밥해 먹고 조금 쉬다 보면 쓰러져 자기 바쁘다. 나의 노력만으로 바꿀 수 없는 구조적 어려움조차 내 탓인 양 성과에 대한 압박이 조여올 때면 감당할 수 없는 불안에 치를 떤다. 계속 이렇게 살아도 되는 걸까?

나의 불안을 다스리는 유일한 방법은 억압이었다. 불안이 스멀스멀 올라오려고 하면 즉시 눌러버리거나 회피하는 것으로 마음을 보호하였다. 잠시는 효과가 있었는지 모르나, 실체 없는 불안의 위력은 억압할수록 그 힘이 세지고 거대해져서 어느 날 나의 일상을 송두리째 뒤흔들었다.

내가 도망치려 할수록 나를 와락 껴안고 놓아주지 않는 불안이라는 녀석을 자세히 들여다보자. 불안은,

- *쫓아오는 사람이 없는데도 조급해지는 마음이다.*
- *나를 믿지 못해 드는 수만 가지 걱정이다.*
- *내가 행복할 때조차 찾아 드는 집요한 방해꾼이다.*

- *이렇게 하는 것이 맞나 의심하는 눈초리다.*
- *한없이 소심해져서 두리번거리는 마음이다.*
- *칠흑 같은 어둠 속을 불빛 하나 없이 걸어가야 하는 두려움이다.*
- *더 이상 견딜 수 없어 도망가고 싶은 마음이다.*

나는 나를 놓아주지 않는 불안을 떨쳐내지 않고 그 마음 안에 머물러 보기로 했다. 그제야 불안이 내게 나직하게 전하는 속삭임이 들렸다. "진짜 네가 하고 싶은 게 뭐야? 계속 이대로 살 거야?" 불안은 나를 괴롭히기 위해 찾아온 감정이 아니라, 정말 내가 행복하기를 바라며 내 곁을 지키고 있던 감정이었다.

미하엘 엔데의 책 [모모]는 시간의 의미에 대한 오묘한 메시지를 던지고 있다. 시간을 아끼고 아껴 정신없이 일할수록 왜 시간은 더 사라지는 걸까? 시간에 쫓길수록 삶은 빈곤해지고, 획일화되고, 차가워지며, 다채로운 삶의 색이 잿빛으로 변한다. 시간을 느끼기 위해서는 마음이 필요하다. 시간은 마음으로 사용할 때만 의미 있는 순간을 허락한다. 마음으로 느끼는 시간만이 살아 있는 시간이다.

이제 나는 불안에서 벗어나려 하기보다는 나를 움직이는 힘으로 불안을 사용해보려 한다. 불안은 내가 살아 있는 한 언제든 느낄 수 있는 감정이며, 내 삶을 잘 살고 싶은 욕구가 있기 때문에 더 많이 더 자주 느낄 수 있는 감정일 지도 모르기 때문이다.

나는 매일 기억하고 싶은 순간을 기록하기로 마음먹었다. 불안하고 속상한 일도, 감사하고 기뻤던 순간도 기록으로 남겨 음미하고 싶었다. 30일쯤 나의 기록 서랍이 채워지던 어느 날, 나는 내 마음이 지향하는 동사 세 개를 발견하였다.

'~을 좋아한다.'
'~이 신기하다.'
'~이 궁금하다.'

거대하게 밀려오는 조급함과 불안의 파도에 휩쓸리지 않고 스릴감을 느끼며 서핑하는 나만의 방법을 찾은 듯하다. 그것은 내가 좋아하는 것이 무엇인지를 아는 것이다. 익숙한 것을 신기하게 보며 경탄하는 것이다. 아직 궁금한 것을 탐구하는 것이다. 그리고 이 모든 것을 나의 기록으로 남기는 것이다.

언젠가 내 삶의 안전지대가 되어주었던 직장이라는 곳을
떠나게 된다면, 직장생활 하면서 느꼈던 불안과는 차원이
다른 더 큰 불안이 밀려올지도 모른다. 미래의 나에게 이 말
을 꼭 해 주고 싶다.

*"만약 네가 원해서 새로운 모험을 떠났다면 기어이 버틸
수 있을 거야."*
*"하루하루 너의 모험에 의미를 부여해봐."*
*"바닥에서부터 다시 시작하는 것을 부끄러워할 필요는
없어."*
*"실수하고 깨지면서 배우되, 너의 선택을 후회하지만
않으면 돼."*

# 생명을 살리는 사랑

약 15년 전 연수 차 덴마크 코펜하겐을 방문한 적이 있다. 어린 시절 그림책으로 꿈을 키우고, 커서는 그림책의 교육적 활용 가능성을 연구했던 나에게 코펜하겐은 동화작가 안데르센이 살았던 도시라는 이유만으로도 매우 특별했다. 그때 아말리엔보르 왕궁의 북쪽 해안에 위치한 인어공주 상을 마주했을 때 가슴이 '쿵' 내려앉을 정도로 애처로웠던 첫 느낌이 아련하다. 인어공주 상은 아주 자그맣고 부서질 듯 연약한 소녀의 모습이었고, 그 눈은 무척 슬펐다.

선은 언제나 악을 이기고, 노력은 결코 배신하는 법이 없고, 힘들 땐 구사일생으로 구출되고, 없던 능력도 갑자기 짠하고 생겨나는 동화 같은 일이 현실에서는 잘 이루어지지 않는 탓일까? 나는 다 큰 어른이 되어서도 해피 엔딩 동화가 좋았다. 안데르센 원작 동화에서 인어공주는 왕자와 사랑을 이루지 못해 물거품으로 사라지지만, 디즈니에서 제작한 애니메이션 [인어공주]는 끝내 모든 사람의 축복 속에 사랑을 완성한다. 인어공주는 악한 훼방꾼의 응징과 선한 조력자의 도움이라는 전형적인 동화 프레임 안에서 꿈을 이룬다.

원작 인어공주의 사랑을 다시 한번 들여다본다. 안데르센 원작의 인어공주는 자기와는 차원이 다른 세계에 사는 인간 왕자를 사랑한다. 왕자를 사랑하기 위해서는 미지의 세계에 온 몸을 던져야 했을 뿐 아니라, 그 세계에 어울릴 만한 모습으로 변해야 했다. 자기가 가진 모든 것을 등지고 부정해야만 사랑하는 사람 곁으로 갈 수 있는 사랑보다 가혹한 일이 또 있을까! 왕자와 함께 있기 위해서는 버리고 희생해야 할 대가가 너무 가혹하다. 끝내 왕자의 사랑을 얻어내지 못한 인어공주는 왕자를 죽여야만 자신이 살 수 있는 막다른 길에 내몰린다.

내가 살기 위해서는 왕자를 죽여야 하고, 왕자를 살리려면 내가 죽어야 한다. 순간의 선택으로 나와 너의 생과 사가 갈

린다. 인어공주는 자신이 죽는 한이 있어도 살리고 싶은 왕자의 가슴에 칼을 꽂지 못하고 죽음을 선택한다. 인어공주가 잠든 왕자를 마지막으로 바라보며 흘린 눈물의 의미는 무엇이었을까? 사랑하는 사람을 다시는 볼 수 없어 흘린 슬픔의 눈물이었을까? 자기만의 방식으로 사랑을 완성하고 떠나야만 하는 안도의 눈물이었을까?

*누군가를 사랑한다는 것은 그 사람이 살게끔 하는 것이다.*
*《공자》*

사랑은 타자의 생명을 지키고 살리는 숭고한 행위다. 젊은 시절 교통사고로 수술한 다리에 더 이상 힘이 실리지 않아 지팡이를 짚고도 거동이 불편한 아버지. 아직도 손수 장을 봐서 아버지의 삼시 세끼를 책임지며 곁을 지키는 나의 엄마. 아버지와 엄마는 90세를 바라보는 장수 커플이다.

말이 좋아 삼시 세끼지, 하루에 세 번씩이나 밥상을 차리는 일이 어디 쉬운 일이던가! 어떻게 엄마는 하루도 빠짐없이 아버지의 끼니를 챙기며 살아왔을까? 꾸준한 엄마의 밥상은 위대하다. 입맛과 밥맛 사이를 위태롭게 오락가락하는 노년에는 매일 밥을 맛있게 잘 먹기가 여간 어려운 일이 아니다. 그럴 때마다 엄마는 아버지가 한 숟가락이라도 더 먹기를 바라며 진심으로 속상해하신다. 엄마에게는 장을 보고 밥상을 차리는 것보다 아버지가 밥을 잘 드시지 않는다는 게 훨씬 힘든 일이다.

엄마는 나를 볼 때마다 입버릇처럼 말씀하시곤 한다.

"내가 너희 아버지보다 하루만 더 살다 가고 싶어. 나 없으면 너희 아버지 불쌍해서 안 돼."

생명을 살리는 엄마의 밥상은 65년째 풀 가동 중이다.

부모님과 마주 앉아 두 분의 사랑 이야기를 듣는다. 두 분의 사랑이 시작되는 1950년대로 거슬러 올라가다 보면 어느새 나의 눈에는 20대의 준수한 청년 '준'과 야무지고 똑소리 나는 예쁜 처녀 '혜자'가 보인다. 혜자를 따라다니던 준, 서로 주고받던 사랑의 편지, 첫 데이트, 서로에게 마음을 열었던 순간순간의 이야기가 반짝반짝 빛난다.

아직도 칼로 물 베기 소소한 부부싸움을 이어가고 있는 부모님이지만, 인생의 위기가 찾아 드는 어려운 순간만큼은 서로를 살뜰히 챙기고, 확실한 편이 되어준다. '준'과 '혜자'의 사랑은 현재 진행형이다.

서로를 아끼고 돌보며 살아가는 부모님의 모습을 지켜볼 때마다 원작 인어공주의 사랑이 오버랩 되는 이유는 무엇일까? 사랑의 엔딩이 어떠하든 타인을 살게 하는 사랑이야말로 진짜 사랑이고, 위대한 사랑이기 때문일 것이다.

나는 세상 어떤 이야기보다 뭉클하고 재미있는 '준'과 '혜자'의 사랑을 잊지 않을 작정이다. 꼭 기억할 뿐 아니라 기록으로 남겨 나의 딸들에게, 미래의 손주 손녀에게도 '사랑의 레전드'로 물려주고 싶다. 생명을 살리는 사랑은 이런 거라고……

# 내 그림책 친구를 소개합니다

봄학기가 되면 신입생이 들어오고, 나는 학생들에게 그림책 [꼬마 비버와 메아리](에이미 맥도날드 글, 사라 폭스 데이비스 그림)를 소개한다.

꼬마 비버는 호숫가 한 귀퉁이에서 부모도 친구도 없이 혼자서 살아간다. 외로움에 지쳐 엉엉 울고 있던 어느 날, 호수 반대편에서 누군가가 자기처럼 엉엉 울고 있는 소리가 들린다.

'누가 나처럼 슬피 울고 있을까?'

꼬마 비버는 울고 있는 친구를 찾아 나서기로 마음먹는다. 단단히 묶어 두었던 배를 풀어 올라타고 호수 반대편으로 나아간다. 그의 공간은 좁은 뭍에서 넓은 호수로 이동한다. 외로움으로 얼어붙어 있던 그의 삶도 움직이기 시작한다.

꼬마 비버는 배를 타고 가면서 자기처럼 외로워하는 오리, 수달, 거북이와 만나 친구가 된다. 지혜 많은 할머니 비버를 통해 호수 반대편에서 울고 있던 친구는 '메아리'라는 것도 알게 된다. 할머니 비버는 말한다.

"네가 행복하면 메아리도 행복할 거야. 너에게 친구가
  많이 생기면 메아리도 친구가 많이 생기는 거란다."

나도 가끔 울고 있는 내 마음을 달래주는 나의 목소리를 듣곤 한다.

"너는 혼자가 아니야."
"내가 네 마음을 알아줄게."

학생들에게 묻는다.

"내가 슬플 때 함께 슬퍼해 주고, 내가 기쁠 때 함께 기뻐해 주는 메아리 같은 사람은 누구일까?"

학생들은 엄마, 친구, 선생님 등을 떠올리며 빙그레 웃음
짓는다. 학기 초 낯선 환경에서 내가 먼저 나의 다정한 친구
가 되어 줄 것을 양손 새끼손가락 걸고 다짐한다.

*누군가에게 듣고 싶었던 격려의 말을 나에게 해 주기*
*힘든 일이 생기면 내가 먼저 나를 안아 주기*
*혼자 있을 때도 나를 웃게 하기*
*누군가에게 털어놓고 싶은 비밀을 내게 꼭 들려주기*
*실수할 땐 다음번에 잘하면 된다고 나를 토닥이기*
*어떤 순간에도 나의 소중함을 잊지 말기*

주디스 커의 유쾌하고도 사랑스러운 그림책 [간식을 먹으
러 온 호랑이]에는 한가하게 차를 마시고 있던 소피네 집에
'딩동' 초인종이 울리며 불쑥 호랑이가 찾아온다.

결코 초대한 적 없는 무서운 호랑이의 방문에 대처하는
모녀의 방법이 예사롭지 않다. 그들은 호랑이를 보고 깜짝
놀라 호들갑을 떨거나, 소리를 지르거나, 숨거나, 도망치거
나, 쫓아내려 하지 않는다. 뜻밖의 상황이 혼란스럽긴 하지

만 침착하고 무심하게 손님을 식탁에 앉히고는 간식을 권한다. 호랑이는 엄청난 식욕으로 소피의 집에 있는 음식이 될 만한 모든 것을 거덜 내고 나서야, 태연하고 만족스러운 웃음을 띠며 '안녕'하고 사라진다.

소피 가족의 문제는 난데없는 호랑이의 등장으로 인해 무너진 일상이 아니라, 호랑이를 접대하느라 바닥난 음식이었기 때문에, 저녁 외식을 하고 다시 장을 보는 것으로 평온하게 하루를 완성한다.

긍정심리학에서 말하는 '회복탄력성(resilience)'이란 갑작스러운 불운이나 재난으로 주저앉지 않고, 원래의 상태로 돌아가기를 애쓰는 모종의 태도이다. 역경과 어려움을 끝내 이겨내고 성장하는 힘이기도 하다. 회복탄력성이 높은 사람은 어떤 불행 속에서도 자기만의 희망을 직조하는 창조적 능력이 있다.

만약 소피와 엄마가 너무 놀라서 호랑이에게 불친절한 방식으로 응대했다면 어떠한 일이 벌어졌을까? 그래서 배고픈 호랑이가 모녀의 푸대접에 벌컥 화를 냈다면 어떤 일이 벌어졌을까?

대학 생활을 처음 시작하는 학생들은 낯선 환경에서 새로운 친구를 찾아 헤매고, 한 번도 해 보지 않던 활동을 경험하면서 들키고 싶지 않은 서투름과 실수를 타인에게 공개해야 한다. 자신이 잘 할 수 있을지 의심되는 팀 프로젝트에 협력해야 하고, 그 안에서 피할 수 없는 동료와의 갈등과 오해도 풀어나가야 한다. 일련의 과정에서 학생들이 경험하는 수치심, 당황스러움, 좌절, 답답함, 회피하고 싶은 마음은 호랑이까지는 아니겠지만 삶을 성가시게 만드는 스트레스다. 스트레스는 긴장을 유발하고, 일상을 갉아먹는다.

나는 학생들과 그림책 [간식을 먹으러 온 호랑이]를 함께 읽으면서, 어떠한 스트레스 상황에서도 자신만의 소중한 일상을 담담히 이어가는 것이 중요하다는 것을 넌지시 알려준다. 혹 좌절과 방황과 우울과 외로움의 순간이 와도, 마음만 먹으면 반드시 이겨내고 성장할 수 있음을 믿기 때문이다.

언젠가 나의 마지막 수업 시간이 온다면 학생들에게 수잔 발리의 [오소리의 이별 선물]을 읽어주려고 한다. 오소리는 숲의 친구들이 믿고 의지하는 멘토 같은 존재다. 어느 날 밤 자기 죽음을 예감한 오소리는 친구들에게 편지를 한 장 남기고 다시는 돌아올 수 없는 먼 길을 떠난다. 동그마니 남겨진 친구들은 오소리와의 이별을 받아들이지 못해 겨우내 슬퍼한다.

봄이 찾아올 때쯤 그들은 한자리에 모여 오소리와의 특별한 추억을 이야기한다. 오소리와 함께했던 시간, 오소리가 그들 각자에게 가르쳐주었던 소중한 경험을 나누면서 깊은 슬픔이 사라지는 것을 느낀다. 오소리가 그들에게 남기고 간 따뜻한 삶의 흔적과 추억이 큰 선물처럼 다가왔기 때문이다.


"고마워요"


숲속 친구들은 감사의 말을 바람에 전한다.


내가 학생들에게 줄 수 있는 이별 선물은 무엇일까? 내가 떠나도 그들에게 남길 수 있는 기억은 어떤 것일까?


나는 마음속으로 미리 학생들에게 마지막 인사를 고해 본다.

"고마워. 너희와 함께했던 모든 날, 모든 순간이 참 좋았어. 안녕, 너희를 잊지 못할 거야."

# 신비로운 가족 사전

나는 가끔 우리 가족을 색, 모양, 사물, 동물에 빗대어 생각해 보곤 한다. 나에게 가족이란 어떤 느낌, 어떤 의미를 주는지 자유롭게 한 번 상상해 보는 것만으로도 익숙한 존재에게서 새로움을 발견하는 기쁨이 있다.

우리 가족을 닮은 사물은 무엇일까?

남편은 초록색으로 짙게 물든 여름 숲속 커다란 나무다. 그 나무 아래 서면 더운 열기가 식고, 어느새 나의 마음에 평화가 깃든다. 마치 새가 나무 위에 둥지를 짓고 비로소 안심하듯, 나는 남편의 나무에서 시끄러운 내 마음을 고요히 잠재우며 쉰다.

큰딸은 봄에 피는 벚꽃이다. 벚꽃은 연분홍색 조명을 켠 듯 세상을 환하게 밝힌다. 어느 봄날 갑자기 벚꽃이 활짝 피어날 때면 모두 "와!"하고 탄성을 내지른다. 벚꽃은 한 가지에 여러 송이의 꽃들이 피어난다. 멀리서 보면 꽃 모양이 흐릿하고 색만 도드라지지만, 가까이에서 보면 작은 꽃잎 하나하나 선명하고 완전한 생명체다. 인생의 전성기를 누리고 있는 큰딸의 계절은 세상 환한 '봄, 봄, 봄'이다.

둘째 딸은 빨간 '체리'다. 어릴 때부터 자기가 무엇을 원하는지 정확히 알고 실행하는 데 망설임이 없다. 새로운 경험에 마음이 활짝 열려 있어서, 자신이 계획하고 시도한 것에 후회가 없다. 자기 세계를 독립적으로 구축해 나가는 분명한 모습은 체리의 강렬한 빨강을 닮았다. 웬만해선 둘째 딸의 생각을 꺾기가 어렵다. 집요하고 끈기 있게 자기 생각을 나에게 설득해오면 "너는 다 계획이 있구나" 하고 도저히 굴복하지 않을 수가 없다.

나는 주황색 '오렌지'다. 생각해 보면 나를 대표하는 키워드는 '호기심'이다. 어릴 때부터 궁금한 것이 많고, 책 읽기를 좋아하던 나는 이런저런 배움으로 심심할 새가 없다. 알고 싶은 것, 하고 싶은 것 부자이기도 한 나는 아마 앞으로도 평생 학습자의 길을 걸어가게 될 것 같다. 과즙 톡톡 터지는 오렌지처럼 나의 내면에서 솟구치는 배움을 향한 열정과 에너지는 낯선 도전을 이어가게 하는 소중한 힘이다.

우리 가족을 닮은 동물은 무엇일까?

남편은 가족에게 헌신적이고, 주어진 일을 묵묵히 해내는 '낙타'다. 맑은 눈, 길쭉한 목, 온순한 성품, 산을 좋아하는 '꽃사슴'이다. 운동을 좋아하고 즐거움을 추구하는 모습은 [곰돌이 푸]의 천방지축 '티거'와 비슷하다.

큰딸은 스킨십을 좋아해서 자기가 좋아하는 사람에게 냉큼 안겨 붙는 '아기 타조'다. 아기 때는 '어부바'하며 달려와 등에 착 달라붙고, 커서도 여전히 '안아 줘'하며 '와락' 내 품에 안긴다. 귀엽고, 생각이 많고, 정리 정돈을 잘하는 [곰돌이 푸]의 '피그렛'이기도 하다.

둘째 딸은 얼굴이 하얗고, 키가 크고, 검정 옷을 즐겨 입는 '판다'다. 대체로 순하고 화를 잘 내지 않으며 움직이는 것을 과히 좋아하지 않는다. 포근한 성격에 작은 행복 찾기의 귀재, [곰돌이 푸]의 주인공 '푸'다.

나는 눈이 크고 자칭 아는 것이 많은 척척박사 '부엉이'다. 한때 어린이 TV 프로그램에서 아이들의 궁금증을 해결해주던 부엉이 박사, 부리부리 박사다. 딸들을 훈육할 때의 단호한 모습은 사자, 민첩함은 토끼를 닮았다. 읽고 쓰고 이야기하는 것을 좋아하는 [곰돌이 푸]의 '올빼미'이기도 하다.

관점을 달리해서 남편이 아내를, 딸이 부모를, 딸들끼리 서로에 대한 느낌과 특징을 찾아보는 활동을 공유하면 어떨까? 우리의 삶이 지속되는 한 가족의 모습은 변하고, 가족 내의 역동도 당연히 달라진다. 세월 따라 조금씩 변모하고 성장하는 서로의 삶을 감상하는 즐거움이 클 것 같다.

가족을 떠올릴 때 연상되는 이미지를 찾는 작업은 함께 했던 삶의 시간이 저축되어 있을 때만 가능하다. 서로 긴밀하게 마음을 접촉하고 부대끼면서 공동의 추억을 쌓아갈 때 비로소 서로에 대해 할 말이 생긴다.

아마도 [가족 사전]을 만드는 과정에서 다음과 같은 행복 조각을 줍게 되지 않을까?

*각자의 고유한 특징을 포착하는 기쁨*
*서로의 유사점을 토대로 친해지는 즐거움*
*부수적으로 소환되는 추억에 잠겨보는 낭만*
*서로에게 느꼈던 서운함과 상처를 털어내는 치유*

이소라의 [바람이 부네요]는 BGM으로 깔아 두자.

"…마음을 열어요. 그리고 마주 봐요.
처음 태어난 이 별에서 사는 우리.
손잡아요."

가족은 참 신비한 공동체다.

# 함께 성장하는 기쁨

올해도 어김없이 '스승의 날'에 학생들로부터 정성껏 꾹꾹 눌러쓴 손 편지를 선물로 받았다.

*"아직 부족한 것이 많고, 마냥 애 같은 저에게 무럭무럭 자라라고 영양분을 많이 주셔서 감사합니다."*

*"선생님 덕분에 많은 경험을 할 수 있었고, 성장할 수 있었어요."*

*"선생님께 사랑받고 있다는 것을 느낄 수 있어 기분이 좋아요."*

*"수업을 통해 저에 대해 많은 걸 알게 되고, 더 나은 사람으로 발전해 나간다는 확신이 들어요."*

*"수업을 듣고 난 후면 마음과 감성이 풍부해져서 지식을 배우는 것 이상의 기쁨을 느끼고 있습니다."*

처음 대학 강단에 섰을 때 나는 어떤 교사였는지 회상해 본다. 그때의 나는 '잘 가르치는 교사'가 되고 싶었다. 강의계획서를 꼼꼼하고 성실하게 작성하여 학생들과 공유한다. 학생들이 꼭 알아야 할 교과 내용, 읽어야 할 관련 책과 토의주제, 과제 계획 등을 제공한다. 좋은 교사란 학생들을 학문의 동반자로 삼고 함께 연구하고 자극하고 발전해야 한다. 이러한 교육 신념으로 수업 과정에서 '진지함'은 충분했으나 '소통'과 '즐거움'이 조금 부족했다.

27년 차 교사로서 나는 어떠한 모습으로 학생들 앞에 서 있나? 지금의 나는 '학생들과 함께 성장하는 교사'가 되고 싶다. 수업이란 교사, 학생, 교육내용과 방법의 삼박자가 잘 맞아떨어지도록 함께 만드는 종합예술이다. 교사와 학생은 지식의 강에 배를 띄워 함께 노를 젓고, 주변 구경을 하며, 물고기도 잡아 올리고, 햇살 받으며 웃고 떠들고, 한바탕 뱃놀이를 즐긴다. 교사는 수업내용을 미리 계획하지만, 학생들과 수업을 만드는 과정에서 예상치 못한 새로운 경험을 한다. 함께 수업을 재구성하면서 교사와 학생 모두 매우 즐겁다.

수업의 한 장면으로 들어가 보자.

*"…나는 마음껏 기대하고 슬퍼할 거예요.*
*감정을 조절하지 못하고 표현한다고 수군거리겠지만*
*나는 삶이 주는 기쁨과 슬픔, 그 모든 것을*
*아무리 작은 것이라 해도 마음껏 느끼고 표현하고 싶어요."*
-빨강머리앤 중에서-

'감정'의 중요성과 '감정 코칭'에 대한 수업을 하기 전 학생들과 '한 단어 찾기'로 몸풀기 작업을 한다. [빨강머리앤]의 문장을 읽고 가장 마음에 와닿는 단어 하나를 찾아서 이유를 발표한다.

A는 '기대'라는 단어를 선택한다. 부모의 기대가 감옥처럼 갑갑하게 느껴진다. 늘 부모의 기대를 온전히 충족시킬 수 없어서 미안하고 부담스럽다. '기대'라는 단어가 자신에게는 '상처'가 된다는 것을 표현함으로써 마음 한편이 시원하다고 말한다.

B는 '마음껏'이라는 단어를 선택한다. 감정을 마음껏 표현

해보지 못해 화가 나도 참고, 행복할 때도 얼마나 행복한지를 충분히 느끼지 못하고 휙 지나친다. 만약 그래도 된다면 앞으로는 마음 놓고 화내고, 마음껏 행복한 기분을 느끼고 싶다고 말한다.

내가 선택한 단어는 '작은'이다. 나를 위한 작은 일의 실천이 떠오른다. 물 많이 마시기, 하루에 오천 보 이상 걷기, 나를 응원하는 말 한마디 해주기, 행복한 순간을 사진으로 남기기 등 별것 아닌 듯 보여도 해보면 좋은 '셀프 가드닝'에 관심이 간다. 그만큼 내 삶이 지쳐있기 때문이다.

학생들의 이야기를 들으면 신기하게도 그의 마음이 보인다. 자신에게 실망하는 부모를 보며 얼마나 미안하고 죄책감에 시달렸을까? 감정을 눌러 놓느라 얼마나 답답했을까? 몸이 힘들면 마음은 얼마나 더 힘들었을까? 수업 대화를 통해 어떤 내용을 먼저 다루어야 하는지 수업계획과 방향을 재조정한다.

좋고 나쁜 감정은 없고, 우리가 느끼는 모든 감정은 자연스러우며 항상 옳다는 것, 감정의 주인은 바로 나 자신이 되어야 한다는 것에서부터 수업을 시작해 보자.

심리학자 Carl Rogers는 말한다.

"완전히 기능하는 사람은 자신의 느낌과 반응에 따라 충실하게 살아간다. 완전히 기능하는 사람은 삶의 모든 영역에서 독창적인 창작물을 만들어 내고, 창조적 삶을 통해 욕구를 만족시킴으로써 삶의 희열을 경험하며 살아간다."

교육적 만남을 통해 나는 나답게, 너는 너답게 각자의 잠재력을 실현하며 독특한 모습으로 성장하는 기쁨은 매우 크다. 우리는 서로 비교할 필요가 없고, 경쟁하는 데 에너지를 소비하기보다는 서로를 통해 배우고 성장할 수 있다. 수업 장면에서 서로의 마음이 열려 있고, 자신에 대해 솔직히 표현할 수 있을 때 교사와 학생은 함께 성장한다.

수업에 참여하는 우리는 지적 활동을 하면서도 놀이를 한다. 모두 자유의지를 발동하여 진지하게 사고하고, 웃고, 협력하면서 즐겁다. 놀이할 때의 몰입과 기쁨, 끝까지 해내는 끈기를 수업에서 고스란히 경험한다.

태어나서 살아 숨 쉬는 대부분의 시간을 학교에서 보낸 나의 삶을 돌아본다. 긴 시간 학교에서 배웠고, 오랜 날 동안 학교에서 가르쳤다. 하고 싶은 공부를 원 없이 할 수 있어 기뻤고, 배워서 남을 줄 기회가 주어져 감사했다. 학교는 나의 직장이자 놀이터였고, 나의 삶을 지탱해주는 버팀목이자 삶 그 자체였다. 그 안에 깨알 같이 많은 수업을 통해 나와 함께 성장해 온 학생들이 있다. 돌아보니 참 기쁘고 행복한 나의 인생이다.

[에필로그]

마음이 이끄는 대로 움직여서 '함께 글쓰기'에 참여하였습니다. 지나온 나의 삶을 기록하면서 내가 어떤 사람이었는지 객관적으로 바라볼 수 있었던 소중한 시간이었습니다. 나의 삶을 글로 쓰고 싶었던 건 바로 '나'를 만나고 싶었기 때문일지도 모르겠습니다. 기록자로서의 나는 '나'의 삶을 애정 어린 눈길로 주목하는 관찰자로서의 '나'를 만나 행복했습니다. 내 삶에 들어와 주었던 모든 분들께 감사의 마음을 전합니다.

*"글쓰기는 삶쓰기 입니다."*

*"작가라서 쓰는 게 아니라,
쓰니까 작가입니다."*

*"인문학이란 '나'라는 마음의 호수에,
'왜'라는 돌을 던지는 것입니다."*

- 스테르담 -